AF304344

Monika Detering wollte Schiffsjunge, Malerin oder Schrift-
stellerin werden. Die letzteren Wünsche waren den Eltern zu
unseriös (vom ersten ahnte niemand etwas). Sie arbeitete
viele Jahre als Puppenkünstlerin mit zahlreichen Ausstellun-
gen im In- und Ausland wie Washington, Philadelphia und
New York. Durch lange Aufenthalte an der Nordsee wurde
das Meer ihr Sehnsuchtsort. Sie war als freie Journalistin tätig und entschied sich später für das belletristische Schreiben. Gemeinsam mit dem Autoren Horst-Dieter Radke erfand
und schreibt sie die historische Krimiserie um *Puff & Poggel*,
mit Blick in die 50er Jahre auf fiktive Ereignisse in Mülheim
an der Ruhr. Als Gegenpol zum „Kriminellen" veröffentlichen
sie sommerleichte Inselromane. Neben dem gemeinsamen
Schreiben publiziert jeder für sich Soloprojekte.
Monika Detering ist Mitglied bei den „Mörderischen Schwestern" und den „42-er Autoren".

MONIKA DETERING

MORD
IN DER
BREEGE BUCHT

Überarbeitete Neuausgabe Januar 2022

© 2022 dp Verlag, ein Imprint der dp DIGITAL PUBLISHERS GmbH

Made in Stuttgart with ♥
Alle Rechte vorbehalten

Mord in der Breege Bucht

ISBN 978-3-98637-484-6
E-Book-ISBN 978-3-98637-482-2

Copyright © 2017, dp Verlag
Dies ist eine überarbeitete Neuausgabe des bereits 2017 bei dp Verlag erschienenen Titels Macht, Gier und Haie
(ISBN: 978-3-96087-137-8).

Covergestaltung: Anne Gebhardt
Umschlaggestaltung: ARTC.ore Design
Unter Verwendung von Abbildungen von
shutterstock.com: © Ryszard Filipowicz, © Alex Stemmers,
© Olha Rohulya, © Christophe Testi
stock.adobe.com: © aerogondo
Lektorat: Daniela Höhne
Satz: dp DIGITAL PUBLISHERS GmbH
Druck und Bindung: Books on Demand GmbH, Norderstedt

Unsere Gesichter sind Masken,
die uns die Natur verlieh,
damit wir unseren Charakter
dahinter verbergen können.
Oscar Wilde (1854-1900)

Prolog

März 1991

Es war ein Sonntagnachmittag im März. Die Luft schmeckte ein bisschen nach Frühling, obwohl der Wind gegen die Beine der jungen Frau peitschte. Ihr wadenlanger Mantel flatterte. Für das Wetter war er zu dünn, aber sie hatte gedacht, es sei wärmer. Heute hatte sie das Kind mitgenommen. Es hüpfte über die Steine, rannte im Zickzack, breitete die Arme aus und rief: „Schiffe, sieh mal, Mama, warum sind hier so viele Schiffe?" Die hellen Haare wehten.

„Komm her und setz deine Mütze auf!", rief die Frau. „Es ist kalt. Und Schiffe kannst du nun jeden Tag sehen. In einem Hafen liegen immer welche", erklärte sie. Das Kind hörte nicht zu, rannte weiter über den riesigen Platz. An diesem Tag ging kaum jemand am Seehafen spazieren, wo ungestüme Böen das Wasser aufpeitschten und Pfützen in gesprungenen Betonplatten glitzerten.

Die Frau blieb stehen. Wie die Stadt sich veränderte! In den Höfen und Ecken der hafennahen Wohnhäuser rissen Kräne Mauern ein, und Dreck türmte sich. Es wurde, ein Jahr nach der Wende, gebaut und saniert. Das Grau sollte weg, die verfallenen Fassaden aufgehübscht werden und die Schlaglöcher in den Straßen verschwinden.

Stralsund sollte ihr neues Zuhause werden; die Stadt saß in ihr, seitdem sie als Kind darüber gelesen hatte, die Stadt war schon ihre, als sie diese noch gar nicht kannte.

Die Frau rannte dem Kind durch die Wasserlachen hinterher, ihre Bewegungen waren beschwingt, ihre Augen strahlten. Sie hatte endlich Glück: Wie es aussah, konnte sie das Haus in der Külpstraße kaufen und einen winzigen Laden mit Geschenkartikeln am Küpertor aufmachen. Die Touristen würden kommen, ganz sicher. Sie hatte wieder eine Zukunft und eine Chance.

Die Vergangenheit war vergessen und Berlin lag am Ende der Welt.

Neun Jahre später fand man in der Külpstraße eine Leiche. Sie sah furchtbar aus – und sehr traurig. Wütend drückte der Wind gegen die Fensterscheiben. Ein Unwetter zog auf.

***

Sehr viel später wunderte sich der Hafenmeister Henner Kirsow in dem kleinen Fischerort Breege auf Rügen über die *Carola 1*, die seit Tagen hier ankerte. Er kannte den Besitzer der Motoryacht, der des Öfteren hier festmachte und um diese Zeit auf dem Deck frühstückte. Nur sah er heute niemanden darauf.

Er beschloss, nach dem Rechten zu sehen, bekam auf seine Rufe keine Antwort. Er fand dies eigenartig, wusste er doch, dass der Eigner ein offener, gastfreundlicher Mann war. Weder auf der Flybridge noch dem Achterdeck war etwas Ungewöhnliches zu entdecken. Als er unten in den Kajüten nachsehen wollte, roch er in der Kombüse, bevor er ihn sah, den Toten. Er erkannte ihn sofort.

Es war der Baulöwe von Stralsund.

1

Roland Stübbe lachte schallend und es klang hässlich. Was diese Leutchen immer wollten und forderten! War doch die Steegdorn, seine Mieterin, ohne Anmeldung in sein Büro gekommen. *Das muss man sich einmal vorstellen!* Meckerte und meckerte. Na, wie sollen wir denn sonst sanieren, bisschen Staub und etwas Lärm gibt es dann eben. So ist das. Soll sie doch ausziehen oder solange in ein Hotel gehen. Davon hat die Stadt genug. Mit: „Meine verehrte Frau Steegdorn, wir sollten uns ein anderes Mal darüber unterhalten. Leider muss ich jetzt zu einem Termin, der für mich wichtig ist", hatte er die Frau ruhiggestellt. Er hatte sie dabei angelächelt; als seine Mieterin ihn skeptisch angesehen hatte, da lächelte er ein zweites Mal, obwohl er ihr am liebsten seine Meinung zu ihrer Kritik gesagt hätte. Sie verließ wortlos das Büro.

Er sah, dass die Zeit drängte. Aber ehe er sich zu dem Empfang aufmachte, las er sich noch eine Kleinanzeige in der Ostsee-Zeitung durch.

Eine gute Stunde später setzte Roland Stübbe ein bescheidenes Lächeln auf, und zeigte neben Zurückhaltung mit straffer Haltung seine Fitness. Die war ihm wichtig. Gesunde sportliche Menschen leisteten mehr, fand er. Stübbe trug den Ausdruck des erfolgreichen, anständigen Geschäftsmannes im Gesicht. Auf keinen Fall wollte er auf die Anwesenden zu herausfordernd oder protzig wirken. Zurückhaltend kannte ihn auch der Oberbürgermeister von Stralsund, der ihn als verdienten Bürger der Stadt im Rathaus hervorhob. Die

Anerkennung saugte er wie ein Fisch ein, der nach Plankton gierte. Stübbe hatte eine Menge erreicht und strahlte innerlich vor Stolz, weil er sich im Rathaus befand, das er so schön fand. Er hatte ein Faible für die norddeutsche Backsteingotik, was auch mit seiner Tätigkeit zusammenhing. Er wähnte sich in dieser Stunde wie ein ehrbarer Kaufmann aus längst vergangenen Tagen, dessen Wort und Handschlag galt. Er handelte nicht mit Tuchen, wie es einst im Rathaus üblich gewesen war, er handelte mit Immobilien. Häuser und Wohnungen, Kauf, Abriss und Sanierung quer durchs Land – das war sein Leben. Das war sein Erfolg.

Er hatte sich einen Bart samt Schnäuzer wachsen lassen, dadurch wirkte er kernig, so, wie er sich die Norddeutschen vorstellte. So sah auch niemand sein fliehendes Kinn, in das manche womöglich mit Küchenpsychologie etwas hineinphantasierten. Die eher karge Art der Menschen hier oben entsprach seinem ostwestfälischen Naturell. Er fühlte sich wohl in Stralsund.

Er erinnerte sich nur zu gut daran, dass er vor zwei Jahren die Stadtväter nicht hatte überzeugen können, als er sie zu den Gleisen geführt hatte. Dort wo eine alte Fabrik sich vor und nach der Wende gegen den Verfall wehrte, Bäumchen wie Haare aus dem löchrigen Dach wuchsen, Scheiben eingeschlagen und Fensterhöhlen mit Pappe zugenagelt waren. Jetzt strahlte das Backsteingebäude im neuen Glanz und in die großen hellen Eigentumswohnungen mit Loftcharakter waren die ersten Bewohner eingezogen.

Inzwischen hatte er weitere Gebäude aufgekauft und ließ sanieren. Aktuell auch ein Haus vor der Anlage des Heilgeistklosters. In dessen Wohnungen wohnten die Mieter schon jahrelang und glaubten, für weitere Jahrzehnte ein Anrecht darauf zu haben. Zu einem Quadratmeterpreis, der unglaublich niedrig war.

Vier Wohnungen, vier Parteien. Frauen, die gut miteinander auskamen; vielleicht durch ihre unterschiedlichen Biografien. Die Schauspielerin Christel Zucker war mit einundachtzig die älteste und Autorin Jutta Tausendschön mit sechsundvierzig die jüngste.

Roland Stübbe hatte trotz der Feier im Rathaus seine Mieterinnen im Kopf, weil er empört war über das, was ihm sein Kompagnon berichtet hatte. Bis gestern war er in Bielefeld gewesen und hatte so die neuesten Entwicklungen verpasst. In der Stadt des Puddings hatte er nach dem Rechten geschaut; dort befand sich sein erstes großes Projekt. Und damit hatte er sich nicht verkalkuliert. Die Mieten waren hoch und er würde sie noch höher setzen. Wohlhabende Bürger gab es genug.

Nicht träumen, ermahnte er sich, *weiter lächeln, auch wenn jetzt der Stadtkämmerer spricht. Was für ein Unsinn sondert der nun wieder ab!* Er, Stübbe, hatte als Investor bei dem Stralsunder Loftprojekt jegliche Verantwortung getragen, da musste der Mann nicht salbadern, als hätte er seiner Privatschatulle Geld entnommen und gezahlt. Der lobte sogar das gelb gestrichene alte Fahrrad, das inzwischen als sogenannte Skulptur oder ‚Kunst am Bau' seitlich am Haus stand, wie unbeabsichtigt hingestellt aussah und doch fest gegen Diebstahl in einem Betonsockel verankert war. So hatte niemand für eine kleine Außergewöhnlichkeit zahlen müssen. Nur tat der Kämmerer so, als sei dies seine Idee gewesen, dabei stammte der Einfall von Rosa Pritzkoleit, seiner Empfangsdame und Sekretärin, einer Frau, die wusste, was sie wollte. Dass die Verwaltung auf ein Uraltfahrrad abfuhr ...

Lächeln. Stübbe hatte das Gefühl, als würden selbst die Ohren lächeln. Dafür bekamen seine Augen einen harten Glanz.

Er fühlte das Vibrieren des Handys in seiner Hosentasche. Nicht jetzt! Schnell blickte er aufs Display. Pritzkoleit. Aha. *Chef, Sie sollten so schnell wie möglich ins Büro kommen.*

Roland Stübbe aber wartete, bis andere ihm die Hand geschüttelt, er mit Anwesenden getrunken und geredet hatte. Dann schickte er Karsten Heinrich, seinem wichtigsten Mann in der Firma, eine Nachricht.

***

Kurz vor zehn beobachtete Catrin Sommerblom mehrere Frauen, die in das Geschäftshaus am Alten Markt gingen. *Die kommen bestimmt auch wegen der Stellenausschreibung.* Ein paar Minuten lang wartete sie, blickte über den Platz, ob noch eine mögliche Bewerberin nachkam. Aber die Leute sahen durch ihre Freizeitkleidung eher nach Touristen aus. *Ich will den Job haben!*, beschwor sie sich. *Ich muss wieder arbeiten.* Im Treppenhaus holte sie tief Luft und versuchte so, ihre Nervosität zu unterdrücken. Im ersten Stock las sie an einer alten Tür mit geschwungenen Flügeln ‚Stübbe & Heinrich' auf dem Firmenschild, und öffnete sie. Hinter einem modernen halbrunden Tresen saß eine rothaarige, sommersprossige Frau und telefonierte anscheinend mit einem Handwerker.

An den Wänden hingen Bilder von alten Seglern. Bis auf einen Katalog auf einem Glastisch wies nichts darauf hin, welche Tätigkeiten die Firma ‚Stübbe & Heinrich' ausübte.

Von draußen waren Männerstimmen zu hören.

Das Gespräch dauerte. Catrin blickte sich um und entdeckte hinter einer Glastür die Frauen, ging zu ihnen und setzte sich dazu. Keine sprach. Deshalb schaute sie aus dem Fenster am Ende des Zimmers und beobachtete, wie feiner Regen den Marktplatz in ein verschwommenes Grau tauchte. Sie fand, dass er mit den historischen Giebelhäusern und dem imposanten Rathaus wie ein Gemälde aus vergangenen Zeiten aussah, wenn sie von der zeitgemäßen Bestuhlung der Cafés und Restaurants absah. Heute wirkten die filigranen Schildgiebel an der attraktiven Schaufassade in dem grauen Licht beinahe drohend.

Sie war nach Stralsund in eine Pension gezogen, obwohl die schon jetzt zu teuer für sie war. Alles hatte sie aufgegeben – aufgeben müssen, doch Catrin wollte jetzt nicht über die Gründe nachdenken. Das letzte Jahr war traurig und anstrengend gewesen. Diese Monate hatten sie innerlich von ihren Bekannten und Freunden entfernt. Sie wusste jetzt: Wenn die Seele krank war, wurde man aussortiert. Zum Beginn ihres neuen Lebens brauchte sie eine Aufgabe, und sie brauchte Geld. Dringend.

Die Zeitungsberichte über die Investoren und Bauherren in der Stadt machten sie neugierig und Fotos, auf denen die Macher abgebildet waren, hatte sie ausgeschnitten. Das augenblickliche Ziel hieß, diesen mickrigen Job zu bekommen, der sie vielleicht so forderte, dass sie abends einschlafen konnte. Einschlafen und erst morgens aufwachen. Nicht in den Nachtstunden herumlaufen und sich von der Vergangenheit packen und überwältigen lassen.

Hatte sie Angst? Ja.

In diesen ersten Herbsttagen hatte sie sich in der Stadt umgesehen und mit jedem Tag wurde sie ihr vertrauter. Komisch, dass sie nie hierhergefahren war, obwohl sie nur wenige Kilometer entfernt gearbeitet hatte. Tief in ihr saß das Wissen, dass sie die Stadt bewusst gemieden hatte.

***

„Was gibt's so Dringendes?", fragte Stübbe seine rechte Hand, die Sekretärin Rosa Pritzkoleit, als er das Vorzimmer zu seinen Büros betrat.

„Sie hatten doch die Anzeige wegen der Hausmeisterin geschaltet! Nebenan möchten sich einige Damen vorstellen. Drei habe ich wieder weggeschickt, das war nix." Sie blickte ihren Chef mit großer Entschiedenheit an. „Außerdem haben sich Mieterinnen beschwert. Und wenn Sie Herrn Heinrich suchen, der ist auf der Baustelle."

„Beschwert? Das war sicher Frau Steegdorn. Die hat wohl reichlich Zeit zum Meckern. Darüber sprechen wir später. Zunächst die Vorstellungen. Schicken Sie mir in zehn Minuten die erste Bewerberin."

Er prüfte. Endlich saß die letzte Bewerberin vor ihm und reichte ihm ihre Unterlagen. „Sie scheinen sich nicht im Sekretariat angemeldet zu haben?"

„Nein. Dort war man beschäftigt."

„Sie sind Catrin Sommerblom?"

Die Angesprochene nickte.

Ihre Unterlagen schob er beiseite. Die interessierten ihn nicht. Ihn interessierten die Entschlossenheit, die diese Frau ausstrahlte und gleichzeitig ihre Unsicherheit, die sie zu verdecken suchte. Was verbarg sich hinter deren hoher Stirn in dem schmalen, feingeschnittenen Gesicht? *Was ist an diesem Hilfsjob so großartig, dass sich selbst solch aparte Frauen darum bewerben?*, fragte er sich. „Was haben Sie zuletzt gemacht?"

„Ich bin Biologin und augenblicklich ohne Job."

„Und mit der Ausbildung können Sie Hausmeisterin?"

„Ich kann."

„Aha. Ich verstehe dennoch nicht ganz, warum Sie sich gerade bei uns für einen Vier-Monats-Job bewerben.“

„Wegen der Wohnung und wegen des Geldes. Warum sonst? Glauben Sie mir, ich bin die Richtige dafür. Als Reinigungskraft habe ich in den Semesterferien gearbeitet – denn ich gehe davon aus, dass ich als Hausmeisterin auch saubermachen soll? Es handelt sich doch um jenes Objekt, das derzeit saniert wird? Da fällt ja reichlich Dreck an.“

Stübbe stutzte. „Woher wollen Sie das wissen, Frau Sommerblom?“

„Stand doch in der Anzeige. Außerdem habe ich mir die Häuser in der angegebenen Straße angeschaut.“ Sie lächelte ihr Gegenüber gewinnend und selbstbewusst an.

Stübbe überlegte. Es wurde Zeit, dass täglich eine Person anwesend war, im Haus schien alles drunter und drüber zu gehen. Hier musste behutsam vorgegangen werden. Aber er fand, dass er durchaus Glück hatte, denn dieses Gebäude unterlag nicht dem Denkmalschutz, so hatte er freie Hand. Die anderen Häuser mussten unter ganz anderen Aspekten saniert werden. Protestierende Mieter wollte er nicht und die konnte die Firma auch nicht gebrauchen.

„Was wäre noch zu tun?“, fragte Catrin und blitzte ihn charmant an.

„Reinigung, das Haus in Ordnung halten, Bedienung der Heizung, Treppen- und Straßenreinigung, sich in diesem besonderen Fall um die Mieterinnen kümmern, Ärger dämpfen – ja, dort es ist jetzt ein bisschen laut, das ist nicht zu vermeiden. Können Sie kleinere Reparaturen? Auch ein- und ausschrauben? Sagen wir mal, in unserem Sinne handeln, wenn Sie verstehen, was ich meine?“

„Kann ich. Und ich verstehe.“

„Das möblierte Apartment für Sie befindet sich im Erdgeschoss. Zweiundzwanzig Quadratmeter und vorübergehend als Hausmeisterwohnung gedacht. Nach Beendigung Ihrer Tätigkeit geht die Wohnung an uns zurück. Sie werden sie nicht darüber hinaus mieten können, falls Sie daran denken. Sie leben alleine?"

Sie nickte.

„Gut so. Das ist keine Wohnung für eine Familie!" Stübbe blickte auf. „Greifen Sie auch mal durch, wenn es nötig ist."

„Das heißt, ich ziehe kostenfrei ein und bekomme vierhundertachtzig Euro monatlich?"

Noch zögerte er. Er konnte nicht verstehen, warum ausgerechnet eine Biologin diesen dreckigen Job für so wenig Geld machen wollte. Wegen der Wohnung? Wieder blickte er die Bewerberin an. Eigentlich zu lange. *Das sieht nach Interesse aus, mein Gott*, ermahnte er sich. *Roland, wo kommen wir denn hin, eine kleine Arbeiterin attraktiv zu finden!* Und dennoch bohrte ein Gedanke: *Als wenn ich sie schon mal gesehen hätte ... Ist ja möglich. Auf Rügen war ich ja nun oft genug.*

Er schob ihr einen vorbereiteten Werkvertrag zu.

***

Allmächtiger! Der sagt wirklich zu! Das gab ihr Mut.

Bevor sie sich verabschiedete, blickte sie Stübbe prüfend an und packte ihr Erstaunen darüber, tatsächlich dem Firmeninhaber gegenüberzustehen, tief in sich hinein.

Auf dem Platz fühlte sie sich endlich einmal wieder beschwingt und leicht. Sie holte die kleine Kamera, eine Pentax, hervor, um die Stimmung auf dem Alten Markt einzufangen. Dieses Grau, das sie vorhin durch die Scheiben gesehen hatte, begann sich schon aufzulösen. Sie zoomte das Rathaus heran, ging weiter zur Nikolaikirche und fotografierte Fenster um Fenster. Die Aufnahmen wollte sie später bearbeiten, wenn sie wieder einen Internetanschluss besaß. Wohl hoffentlich in der neuen Hausmeisterwohnung, obwohl sie vergessen hatte, danach zu fragen.

Auch er war zufrieden. Das war vom Tisch. Er wollte durch die Hausmeisterin in regelmäßigen Abständen wissen, wie die Mieterinnen reagierten, was sie sagten, ob sie sich beleidigend über ihn und die Firma äußerten. Denn die Frauen mussten raus. So hatten er und Karsten Heinrich es geplant. Das Saubermachen war nicht so wichtig, aber das Hören, damit er sofort reagieren konnte. Das alles musste Zug um Zug gehen, ein aufwändig sanierter Altbau rechnete sich. So etwas mochten die Leute aus den großen Städten. Seine Firma machte ihr Geld weniger mit der Vermietung von Wohnungen, das Zauberwort hieß: Sanierung. Aus abgewohnten Räumen und Häusern Großartiges zu machen – bisherige Mieter rauszukriegen. Hauptsache, die Gebäude befanden sich in einer sehr guten oder interessanten Lage, die das gewisse Etwas aufwies – um dann wieder zu verkaufen. Momentan hatten sie die Gegend um die Heilgeiststraße herum im Visier. Stübbe hatte sich die alten Gebäude aus beinahe nostalgischen Gründen ausgesucht. Interessenten gab es reichlich. Auch in der kleinen Stadt Barth war er tätig. Eine Stadt, in der man Geschichten erzählen und die Kraniche sehen konnte. Aber eben dort wie hier: Eigentümer zogen weg, starben, oder lebten ihre letzten Jahre im Altenheim. „Gewinnmaximierung“ gehörte zum Credo der Firma. Die Vorverhandlungen zu weiteren Objekten liefen gut.

Das aktuelle Gebäude hatte Stübbe ersteigert. Die Vorbesitzerin war gestorben, besaß keine Erben und die

Bank hatte es zum Verkauf ausgeschrieben. Stübbe hatte zugelangt. Die sanierten Wohnungen sollten Mietobjekte und Zweitwohnsitz für gutsituierte Käufer werden. Stübbes Renditeerwartungen waren hoch. Und falls es Ärger gab, er hatte in Berlin mehrere Top-Anwälte. Berlin war für einige Jahre nach seinem Wegzug aus Ostwestfalen sein Revier gewesen. So lange, bis er sich in die Ostsee und deren Städte regelrecht verliebt hatte. In Berlin wollte er nicht unbedingt tätig sein, die Stadt wuchs und wuchs, fraß, spuckte aus und veränderte sich ständig. Er war, je älter er wurde, mehr der Typ für Beschauliches.

Ihm ging ein Telefongespräch nicht aus dem Kopf. Wieder einmal hatte er mit seinem Sohn gestritten. Dabei lag ihm nichts an Auseinandersetzungen. Er liebte den Jungen. Das war das eine. Sie kamen nicht miteinander zurecht. Das war das andere. Stübbe fand Bennos Wertvorstellungen etwas abseitig und fragte sich, wie man heutzutage ein Idealist sein konnte. *Benno kann sich das nur leisten, solange er meine monatliche Überweisung bekommt, damit er sorglos studieren kann. Ohne Zuwendung wäre er kein Idealist. Er müsste arbeiten. Dazu kommt, der Bengel glaubt auch noch an Gott. Ich glaube an die Macht des Geldes. Geld ist meine Gleichung zu Gott.*

Er goss Ingwertee in eine weiße Teetasse aus feinem Porzellan und einem eingebrannten blauen Segel auf der Vorderseite. Ein Gedeck davon stand immer auf dem Schreibtisch. Diese Zeremonie war eine der wenigen Dinge, die er aus seiner Ehe mitgenommen hatte. Da ließ er auch Frau Pritzkoleit nicht dran. Seit Wochen trank er Tee, um den Druck auf den Magen zu lindern.

Stübbe betrachtete die Architektenentwürfe: *Sanierungsvorhaben Heilgeiststraße.* „Gut. Sehr gut. Das geht. Die Wohnung von Frau Wanner wird geteilt. Dann haben wir ein Apartment mehr. Alle Wände raus, das schafft Platz, auf jeden Fall optisch. Pro forma werde ich der Wanner den Kauf anbieten. Denn ihre Wohnung wird Eigentum. Alles andere wird vermietet. Natürlich zu einem neuen Quadratmeterpreis. Biete ich den alten Damen auch an, dann kann keine meckern."

Während er sich die Unterlagen äußerst zufrieden ansah, dachte er an die schon verwirklichten Projekte in Stralsund. Und auch an eins der ersten in dieser Stadt. *Ist das lange her! Das Haus in der Külpstraße.* Schon damals hatte er gewusst, dass sich Gebäude in einer historischen Altstadt rechnen würden. Die damals anberaumte Zwangsversteigerung war ein Glücksfall für ihn gewesen, er hatte günstig ersteigert, Kündigungen durchgesetzt, saniert und freute sich immer noch über die besonders schön gestaltete Kassettentür am Eingang. Den Einstieg als Immobilienmakler hatte er dringend gebraucht, damit man ihn ernst nahm. Gerade, weil er nicht aus der Stadt stammte. Einiger Ärger war zwar mit diesem Haus verbunden gewesen. *Schwamm drüber, lange her.* Und doch ...

2

Ein Schwarm Kraniche trompetete. Bedeutete es etwas, dass die Vögel des Glücks und des Friedens über die Gräber flogen?

Ein Fiat näherte sich dem Eingang des St.-Jürgen-Friedhofs und knallte gegen die Begrenzungsmauer. Die Kraniche zogen weiter. Jutta Tausendschön stieg aus, nahm ihre rote Mütze ab, entdeckte eine Delle im Blech, und trat gegen die Mauer. „Mist!"

„Aber, aber", hörte sie eine männliche Stimme. Frau Tausendschön trat noch einmal.

„Tief durchatmen, immer erst tief ein- und ausatmen."

Sie blickte sich gereizt um, sah einen Mann im offenen dunkelgrauen Mantel, mit modischem Schalgeflecht, in Jeans und tiefschwarzen Büroschnürern.

„Junge Frau, ganz ruhig bleiben."

„Bin ich nicht."

„Was?"

„Junge Frau. Was für ein Gesülze!"

Der bärtige Mann lachte in ihren Ärger. „Wie darf ich Sie denn anreden?"

„Gar nicht." Sie zog die Augenbrauen mit den abstehenden blonden Härchen darin zusammen, was ihr ein strenges Aussehen verlieh.

„Wohnen Sie hier in der Gegend?"

„Wie – auf dem Friedhof? Noch nicht." Frau Tausendschön lachte. „Altstadt. Nahe beim Heilgeistkloster. Und Sie?"

„Möchten Sie mich besuchen?"

Sie guckte verblüfft. „Nein." Ihr wurde die Wendung des Gesprächs unangenehm und sie ärgerte sich, dass sie mit Informationen herausgeplatzt war, die nicht nötig gewesen wären.

„Heilgeistviertel, ja, das ist ein idyllisches Eckchen. Eigentum oder zur Miete?"

„Wollen Sie mir was verkaufen?"

„Eigentum gibt Sicherheit." Er griff in die Manteltasche. „Schade. Sonst habe ich immer Visitenkarten dabei."

„Ich brauche keine."

Jutta zupfte im Gehen an ihrem alten Parka, der ihr bei dem Anblick des Fremden schäbig vorgekommen war. Aber sie liebte ihn wie eine zweite Haut und zog nur diesen auf ihren Spaziergängen an.

***

Durch den ungewöhnlich trockenen Sommer waren die Blätter früh gelb geworden. Der alte St.-Jürgen-Friedhof beherbergte schöne Grabstätten, die sie sich gerne ansah. Sie blieb vor dem Gedenkstein der Malerin Elisabeth Büchsel stehen, ging weiter, kam an Ferdinand von Schills Ruhestätte vorbei und anderen, die durch ihre Tätigkeiten im Leben mit Stralsund verbunden waren. Die Malerin hätte sie gerne gekannt.

Jutta Tausendschön liebte die parkähnliche Anlage. Hier herrschte tiefe Ruhe. Denn seit gut sechs Wochen war sie Dauerlärm ausgesetzt. Das Haus, in dem sie wohnte, wurde saniert. Erst hatten sie und die anderen Mieterinnen gedacht, es sei nur vorübergehend. Inzwischen sah es so aus, als wäre kein Ende der Arbeiten in Sicht. Lärm und Dreck waren mit jedem weiteren Tag schwerer auszuhalten. Selbst im Schlaf dröhnte das Hämmern im Kopf nach. Die Besitzer der Immobilie hatten ihr Vorhaben auf schwerem Papier mit Wasserzeichen mitgeteilt. Auch, dass bei allen Maßnahmen selbstverständlich die gesetzlichen und behördlichen Auflagen eingehalten würden. „Dass ich nicht lache", murmelte Jutta. Im Ostseekurier hatte sie gelesen, dass die Firma weitere Sanierungen plante, dass die Firmeninhaber Stübbe und Heinrich verdiente Bürger der Stadt seien.

Tag für Tag krachten Steinbrocken in Mulden, Staubwolken zogen in die Wohnungen, Staub, der sich auf Möbel, Kleidung und Haare legte, Staub, der im Mund saß. Beton wurde gesägt, und das Kreischen schnitt ins Gehirn. Auch die Bewohner der Häuser, die rechts und links, sowie gegenüber standen, waren betroffen.

Auf dem Weg zurück zum Ausgang beobachtete sie eine Frau und erkannte in ihr die neue Hausmeisterin, die vor wenigen Tagen eingezogen war. Catrin Sommerblom, so stand es an ihrer Tür. *Ob ich zu ihr gehe und sie begrüße?*

Catrin Sommerblom hob Blätter von einem Grab auf und steckte sie in einen Beutel. Eine Weile stand sie da, kniete sich dann vor den Grabstein und fotografierte ihn oder die Inschrift, womöglich auch die Amsel, die sich auf der Steinkante niederließ. Minuten später stand sie auf. Jutta beobachtete, wie sie zu den alten Grabmälern ging, die sich als Gedenkmauer einen langen schmalen Weg entlang zog, ein Weg der Stille und Erinnerungen. *Heute gibt es solche Grabmale nur noch selten, so aufwändig, wie die gestaltet sind,* dachte Jutta. Wenig später kam ein Mann, der auch vor diesem Grab stehenblieb, dass Catrin gerade verlassen hatte. Jutta erkannte in ihm denjenigen, der sie noch kurz zuvor angesprochen hatte.

Der macht sich wohl an Friedhofsbesucherinnen ran. Jutta fühlte sich bei dem Gedanken unwohl. Der Mann schlenderte weiter und Jutta wurde neugierig. Sie ging zu dem Grab. Der Stein stand schief und wirkte, als würde er bald nach vorne kippen. Der Name des oder der Verblichenen war nicht zu entziffern, es fehlten Buchstaben. An deren Stelle ragten nur die Metallstege aus dem Stein heraus. „ARO.. .IE.LE.' Jutta las weiter: ‚... wurde am 3. August 2000 in den Tod getrieben.' *Dass so etwas die Friedhofsverwaltung gestattet hat!* „Eigenartig!" Jutta beugte sich vor und sah an dem frischen Farbauftrag, dass diese Worte nachträglich auf den Grabstein geschrieben worden waren. Sie wischte mit dem Finger darüber. Es hatte sich kaum Schmutz festgesetzt. Sie holte ihr Handy hervor und fotografierte Stein und Inschrift. *Wer weiß, wozu ich das einmal gebrauchen kann*, und dachte dabei an ein Manuskript, dem noch der letzte Schliff fehlte. „Und was hat die neue Hausmeisterin mit diesem Grab zu tun? Die hat doch nur Blätter aufgehoben und fotografiert – soweit ich beobachten konnte. Und der Mann in der schicken Kleidung, der nach ihr kam?", murmelte sie. „Der hat nur kurz davor gestanden. Wer hat denn was damit zu tun? Das war doch kein Zufall!" Jutta spielte gern mit seltsamen Fragen als eine Form der Unterhaltung mit sich selbst. Schon als Teenager hatte sie sich gern mit ungeklärten Dingen und ‚um die Ecke denken' beschäftigt. Solche Rätsel ergaben oft genug ungewöhnliche Lösungen. Damals hatte sie sich nach dem Abi bei der Polizei beworben, fiel aber zweimal bei der Aufnahmeprüfung auf die Polizeihochschule durch. Es war der Sport, der ihr den Garaus gemacht hatte. Sie war ziemlich gekränkt gewesen und hatte monatelang geschmollt, bis sie sich entschied, für zwei Jahre nach London zu gehen. Das Leben in jener WG am Rande von Hampstead machte sie einigermaßen erwachsen. Heute wohnten in diesem Londoner Stadtteil ganz andere Leute als zu ihrer Zeit, dabei war alles so lange nun auch nicht her. In der WG hatten Schauspieler, arbeitslose Musiker und Schriftsteller, die sich von Veröffentlichung zu Veröffentlichung gehangelt hatten gewohnt. Dann hatte der Vermieter wegen Eigenbedarf gekündigt und die Gruppe zerstob in alle Winde.

Heute lebte Jutta von ihren Reiseführern. Seit wenigen Jahren schrieb sie auch Belletristik – Liebe und Crime waren gut verkäuflich. Nachdenklich drehte sie um, dachte noch einmal an die Hausmeisterin und beschloss, sie im Blick zu behalten, was bei dem gemeinsamen Wohnen in dem Haus in der Heilgeiststraße nicht schwierig war. Jutta schlenderte zurück zum Parkplatz.

***

Bis zum Sommer war es ein gutes Leben in diesem Haus gewesen. Inzwischen war es das nicht mehr. Die älteste Bewohnerin Christel Zucker schimpfte. Wenn auch klein und zierlich, aber über eine kräftige Stimme verfügte sie an guten Tagen. Obwohl es so gesehen heute kein guter Tag war. Zwei ihrer Fensterscheiben waren zerbrochen. Die Gardinen hingen in den Scherben fest und auf dem Fußboden lagen überall verstreut Tonstücke.

„Meine Gänse! Niemand kann sie mir ersetzen, Gänse aus sechs Jahrzehnten. Konnten Sie nicht aufpassen?", sagte sie zu dem Mann auf dem Gerüst. „Macht Ihnen das Spaß? Vielleicht ist das bei Ihnen zu Hause ja üblich."

„Gute Frau! Ich hart arbeiten. Kann passieren. Ich Papier vor Ihr Fenster kleben. Alles nicht schlimm. Gänse. Gänse! Was Sie wollen mit Gänsen?"

Gebückt schob er sich durch die engen Fensteröffnungen, ließ sich einen Handfeger geben, kehrte Gänseköpfe und Gänsebäuche zusammen und brach die restlichen Glaszacken aus den Rahmen.

Ein weiterer Mann kletterte ins Wohnzimmer und stellte sich als Bauleiter vor. „Ich beauftrage gleich einen Glaser. Für Ihre Tondinger kann ich nichts mehr tun. Aber nun kommen Sie an neue Scheiben. Das ist doch was, oder?"

Christel Zuckers Gesicht bebte. Wie sie den Lärm, die Unordnung und die Zerstörung hasste, und den Mann, der ihr das angetan hatte! Mit über achtzig war sie nicht mehr so leistungsfähig. Das ärgerte sie und sie wusste schon jetzt, dass das Aufräumen mühsam für sie werden würde.

***

Schon betrat Astrid Wanner den Hausflur. Ihre rote Baskenmütze saß tief in der Stirn und gab ihr einen kämpferischen Ausdruck. Sie hielt inne und glaubte, die Stimmung des Hauses habe sich in der kurzen Zeit ihres Fortseins wieder einmal verändert. Neben der Wut, die durch das Treppenhaus zog, war heute noch etwas anders. Schwer zu packen, schwer zu deuten. Sie meinte nicht die tägliche Erbitterung, nicht die Gereiztheit und Hilflosigkeit, die sie seit Beginn der Baumaßnahmen befallen hatten. War es Erbarmungslosigkeit?

Sie spürte, wie die Mauern des Hauses bebten, sie hörte die Scheiben klirren und wusste aus Erfahrung, dass sich in den Wohnungen Schränke und Türen öffneten. Astrid entdeckte in der Nische hinten im Hausflur Christel, die im Korbsessel hockte, der neben einem winzigen Klapptisch stand und Ablage für Zeitungen war. Tisch und Zeitungen waren von einer hellgrauen Staubschicht überzogen. Astrid sah, wie die

25

Ältere zu der Tür auf der rechten Seite blickte. Dahinter wohnte die Hausmeisterin.

„Was ist?", fragte Astrid. „Du siehst fertig aus."

„Meine Gänse sind hin, die Fensterscheiben auch. Ich will nicht in meine Wohnung, es zieht darin zum Gotterbarmen. Die Arbeiter! Alles haben sie mir zerschlagen."

„Bestimmt lassen sie sofort neue Scheiben einsetzen."

„Eben nicht. Das sollte ja längst schon passiert sein. Aber es kommt keiner. Was mach ich jetzt? Die haben mich vergessen!" Sie stockte.

„Wer?"

„Der Bauleiter wollte eine Plane davorhängen, bis die Scheiben geliefert werden. Ich warte und warte, friere und jetzt sind die Arbeiter weg. Ist Feierabend. Wo soll ich denn schlafen? In dem Durchzug hol ich mir den Tod! Außerdem werden die Möbel feucht. Wir haben Oktober. Und wenn es heute Abend regnet? Wie gehen die denn mit einem um! Oder haben die Anweisungen von den Eigentümern?" Christel drückte sich tiefer in den Korbstuhl und sah sehr müde aus.

„Gib mir ein paar von deinen alten Decken. Ich hänge sie dir vor die Fenster", sagte Astrid Wanner. „Du steigst nicht auf die Leiter, du machst einen arg wackeligen Eindruck. Übrigens, hast du schon gesehen, dass die Briefkästen abmontiert sind?"

„Was?! Wieso?"

„Weiß ich nicht. Jetzt stehen sie hinten im Hof, neben dem Kellereingang. Ich glaube, die montieren uns alles ab. Ist die Hausmeisterin da? Die ist doch für so was zuständig."

„Hab sie nicht gesehen. Wenn wir uns beschweren wollen, lass uns besser noch Hildegard und Jutta dazuholen. Ich klingle mal eben bei ihnen." Christel stand auf, stöhnte und schlurfte vor die Tür, um zu läuten.

„Keine da."

„Hast du wirklich geschellt?", fragte Astrid.

„Sicher."

„Hab nix gehört." Astrid ging raus und drückte ebenfalls auf die Klingeln von Hildegard Steegdorn und Jutta Tausendschön. „Eigenartig. Ich schau mal nach."

Wenige Minuten später kam sie zurück. „Die Klingeln tun's nicht. Kann sein, dass die zwei am Alten Markt Kaffee trinken. Das machen sie doch oft."

Astrid klopfte gegen die Tür der Hausmeisterin, die mit einem Ruck geöffnet wurde.

„Ja?" Catrin Sommerblom sah erhitzt aus. „Können Sie später noch einmal kommen?"

„Die Arbeiter haben meine Fensterscheiben zerstört, und die Briefkästen sind abmontiert", klagte Christel Zucker.

„Man kann nicht mehr klingeln. Gibt's einen Kurzschluss?", warf Astrid ein.

„Bitte, später reden wir darüber."

Im Hintergrund waren Geräusche zu hören.

Die Tür wurde geschlossen.

***

„Ich bin langsam mit meinen Nerven am Ende", klagte Hildegard, die älter als siebzig aussah und missmutig wirkte. Sie war mit Jutta zurückgekommen, sie hatten sich in der Ossenreyerstraße beim Einkaufen getroffen. „Wie soll das weitergehen? Dem Stübbe habe ich meine Meinung zu all dem hier gegeigt, aber der ... der ..." Sie machte eine wegwerfende Handbewegung. „Soll das noch wochenlang so gehen? Jeden Tag versiffte Fußböden und Fenster, ich glaube, die fangen an, Löcher in die Hausmauer zu schlagen. Das kann nicht normal sein!"

„Im Keller liegen überall Steine und Betonbrocken", stellte Jutta fest und wippte dabei mit ihren orangefarbenen Sneakern. Das helle Haar war ein hübscher Kontrast zu ihrem rot gestreiften Bretagne-Pullover.

„Glaub mal nicht, dass die sich an die Mietpreisbremse halten, nie im Leben!", mutmaßte Hildegard. Sie sah mit der dunklen Brilleneinfassung, den runden Gläsern und ihren grauen Stoppelhaaren wie eine Revolutionärin aus früheren Jahren aus. Jedenfalls hatte ihr Jutta das vor einiger Zeit gesagt und sie vorsichtig darauf hingewiesen, sich doch ein freundlicheres Outfit zuzulegen. Ungeduldig zerrte Hildegard an ihrer ausgebeulten Latzhose und zog die Träger stramm. „Dauernd hängt einem die Buxe in den Knien." Ihre Blicke glitten über Fußboden und Treppenstufen. „Für zusätzliche Arbeiten müssen wir diese Frau Sommerblom bezahlen. Das hat die Dame mir heute früh mitgeteilt", erklärte sie. „Also, dann putzen wir selbst. Auch noch bezahlen", schnaubte sie und rückte ihre Brille zurecht. Hildegard stemmte die Hände in die Hüften. Sie wäre gern Lehrerin geworden, war aber im Rathaus gelandet und eine begeisterte Stadtführerin geworden. Außerdem hatte sie ein neues Hobby entdeckt: trommeln. Obwohl Catrin sie schon ermahnt hatte. „Nicht in der Mittagszeit und nicht nach neun Uhr abends."

„Sei friedlich, sich ärgern bringt's auch nicht", stellte Jutta fest und versuchte, ihre Sneaker mit einem Taschentuch zu säubern. Hinten aus der Ecke waren Christels Klagen zu hören. „Was mach ich denn bloß?"

„Hol Putzzeug", ordnete Hildegard an.

„Ich kann nicht. Bin total daneben."

Astrid mit ihrer roten Baskenmütze, die noch tiefer in der Stirn saß als eben noch, kam aus dem Keller. „Seid nicht so verdammt beflissen! Lohnt doch alles nicht, morgen ist's genau so dreckig wie jetzt. Dass die Hausmeisterin fürs Extraputzen von uns Geld bekommen soll, ist lächerlich. Die ist bei Stübbe angestellt. Wir helfen aus, wenn es sehr nötig wird, aber sie muss letztendlich ran.“

Hildegard mühte sich mit einem Eimer Wasser und Schmierseife ab. Beim Bücken sah man, dass ihr Haar weiß wurde. Sie bewegte sich vorsichtig und legte zwischendurch ihre Hand gegen den Rücken. „Macht ja sonst keine richtig“, murmelte sie. „Alle haben Rücken, selbst die schöne Frau Sommerblom. Hat sich glatt geweigert, meinen Kleiderschrank zur Seite zu schieben. Also wirklich, in dem Alter Rücken!“ Nach wenigen Minuten knallte sie den Wischer in die Ecke und schrie: „Das kriegt man so nicht weg. Die Schmierseife versickert und die doofen Steine ratschen sich in den Boden.“

„Schmierseife? Geht ja nun gar nicht. Du mit deinem Ökofimmel. Feg lieber erst“, forderte Jutta sie auf, ging nach hinten, wo Christel weiterhin zusammengeklappt hockte. Energisch klopfte sie gegen Sommerbloms Tür. „Die Klingeln funktionieren nicht, die Briefkästen sind fort, der ganze Scheißdreck im Flur geht nicht weg. Würden Sie sich bitte darum kümmern? Danke. Sehr freundlich.“ Nach einem tiefen Atemzug sagte sie zu den anderen: „Die reagiert schon. Vielleicht hat das Blümchen Besuch.“ Jutta hatte rote Flecken am Hals. Sie war die einzige im Haus, die berufstätig war und schon deshalb mit der Zeit geizte und eine Vergeudung dessen hasste. Als Autorin brauchte sie Ruhe und ihren Schreibtisch. Letzteren hatte sie wegen der Bauarbeiten in eine andere Ecke schieben müssen und diese Ecke gefiel ihr nicht. Astrid, Christel und Hildegard befanden sich im Rentenalter.

Christel stöhnte. „Das mache ich nicht mit. Wie das aussieht bei mir! Am liebsten möchten ich Stübbe und seinen Heinrich entführen und einsperren, damit die mal mitkriegen, wie es ist, wenn man so wohnen muss. Nennen die Sanierung! Wie lächerlich."

„Christel!", flüsterte Astrid. „Sei mal leiser, wenn du so etwas sagst. Weißt du, wer zuhört? Nachher wirst du doppelt schikaniert und rausgedrängt. Brauchst nur die Berichte über Derartiges aus Berlin zu lesen. Da wird einem schlecht bei. Außerdem würdest du eine Entführung nicht alleine schaffen."

„Ich brauche dann eure Hilfe!"

„Christel? Das meinst du nicht im Ernst. So aggressiv kenne ich dich gar nicht", staunte Hildegard und sagte leise mit Blick auf die Hausmeistertür: „Ich fürchte, wir werden belauscht. Aber wir können uns gemeinsam beschweren. Mal sehen, was für eine Antwort wir kriegen. Ich hab langsam die Faxen dicke." Mit dramatischer Geste legte sie ihre Hand gegen den Hals. „Alles Weitere, also Pläne, besprechen wir bei mir." Hildegard klopfte erneut.

Die Tür öffnete sich. Catrin im fröhlichen Ringelshirt blickte sie fragend an. „Gibt's eine Hausversammlung? Kommen Sie rein, es muss ja nicht alles im Hausflur besprochen werden."

Die Frauen zögerten.

„Mir ist es im Hausflur zu kalt. Bitte, in meiner Küche können wir reden. Sie haben ja schon die Probleme durchs Haus gerufen. Dazu brauche ich Sie nicht belauschen." Mit einem kleinen Lächeln nahm sie diesem Satz die Schärfe.

Weder die kleine alte Christel, noch Hildegard, die Revoluzzerin, oder Astrid mit ihrer ewigen Baskenmütze sagten etwas dazu. Ihr gemeinsamer Drang, diese Wohnung zu sehen, war stärker, obwohl sie bisher nie darüber gesprochen hatten. Jutta winkte kurz. „Ich hab zu tun." Die drei mussten durch einen winzigen Flur gehen und standen sofort in der Küche, die sich zu einem Wohnschlafraum ausdehnte.

„Tee, Kaffee?"
Keine antwortete.
„Dann gibt's Kaffee. Moment."

Während Catrin Bohnen mahlte, klagte Christel erneut über die Zerstörungen in ihrer Wohnung, forderte, dass Mieterinnen nicht derartig traktiert werden dürften. „Krieg ich ja eins am Herzen!", stöhnte sie laut.

„Frisch gemahlen! Ich halte nichts von vorgemahlenen Bohnen." Lächelnd blickte Catrin ihre Besucher an. Nach dem Eingießen von Milch und Sahne, nach Seufzern der Entspannung sagte sie, dass sich morgen die Vermieter persönlich die Beschwerden anhören wollten. „Um fünfzehn Uhr? Würde Ihnen die Zeit passen?"
Die Frauen nickten.

„Schreiben Sie doch am besten auf, was Ihrer Meinung nach nicht in Ordnung ist. Dann geht's schneller."

„Die hätten vor Beginn der Arbeiten mit uns sprechen müssen", stellte Astrid fest, nahm die Baskenmütze ab und steckte sie in ihre Jackentasche. „Ich hätte gern den Zeitplan gesehen und gehört, wozu der ganze Aufwand dient. Wenn die Herren meinen, sie könnten einfach die Mieten drastisch erhöhen, haben die sich geschnitten!"

***

Scharfer Ostwind fegte über den Strelasund und Jutta durchs Gesicht. Sie ging gerne zur Steinernen Fischbrücke, in die Hafenstraße, liebte den Blick aufs Wasser, auf die Gorch Fock und andere Schiffe. Diese Bilder inspirierten und sie konnte sie für ihre Manuskripte nutzen. Jetzt aber saß die Angst vor einer Entmietung tief in ihr. Auch wenn sie bisher geglaubt hatte, dass solche Dinge nur in Großstädten passierten.

Trotz des Windes setzte sie sich auf eine Bank, schlug den Kragen ihrer dicken Jacke hoch und steckte die Hände in die Taschen. Der Himmel zeigte ein kühles blasses Blau, das sich in der Weite verlor. Das Museumsschiff lag im Schatten. Nur wenige Besucher konnte sie auf dem Oberdeck entdecken. Sie dachte an das Haus, in dem sie wohnte. Es war alt, aber nicht alt genug, um den Stempel ‚Denkmalschutz‘ zu bekommen.

Die Geschichte des Heilgeistklosters interessierte sie. Vor wenigen Tagen noch hatte sie den Säulengang bewundert, der vor einigen hundert Jahren als Galerie in den Kirchgang eingebaut worden war. Das alte Hospital hatte eine faszinierende Geschichte hinter sich. *Ich sollte darüber schreiben!* Sie lachte.

In das Lachen trat ein Schatten. Vor ihr stand Hildegard. „Du siehst aus, als würdest du in deine Vergangenheit schauen.“

„Eher in die Zukunft.“ Jutta klopfte auf den freien Platz neben sich. „Setz dich!“

Hildegard redete drauflos wie es ihre Art war. „Ja, wir zwei Witwen. Du bist noch viel zu jung dafür, aber wer fragt schon danach? – Als mein Karl-Otto noch lebte … ach ja … Wir haben unserem Sohn alles ermöglicht. Du weißt ja, er lebt in Brüssel mit seiner italienischen Frau. Leider gibt’s noch keine Enkel. Glaubst du auch, dass unsere Vermieter wollen, dass wir ausziehen? Ich bin gespannt, was die uns morgen zu sagen haben.“ Sie redete weiter, immer weiter, die Themen prallten wie Gummibälle an ihr ab. „Auch wenn ich schlecht höre, bin ich nicht gaga. Ich kann mich gut erinnern. Das, was ich vergessen will, bleibt. Das, was ich nicht vergessen möchte, verschwindet und es dauert, bis ich es wiederhabe. Da mache ich winzige Puppenhäuser für Fremde. Gut, dass ich damit aufhöre. In dem derzeitigen Dreckstall kann man eh nix machen. Mit dem

Trommeln höre ich auch erst einmal auf, es ist laut genug bei uns. Ich höre mit allem auf und jetzt im Herbst mache ich auch keine Stadtführungen mehr für so ein paar Männekens, die kommen."

Jutta unterbrach sie. „Ein Kind passt so gar nicht zu dir. Auch keine Puppenhäuser. Seltsam, wie man sich mit Menschen vertun kann", stellte sie fest und setzte hinterher: „Ich überlege gerade, ob wir uns einen Termin beim Bürgermeister geben lassen sollen. Oder besser der Zeitung erzählen, was bei uns abläuft?"

„Können wir machen", antwortete Hildegard. Die Vermieter haben einen guten Draht zur Stadt, ob dann unsere Kritik abgedruckt wird? Ich weiß ja nicht. Die alte Fabrik haben sie ja schick aufgemotzt, dass stand jetzt oft genug in der Zeitung. Weißt du, was eine Wohnung darin kostet? Muss irre teuer sein. Ich habe gehört, dass Stübbe jede Menge aufgekauft hat. Der ist ja wohl schon ziemlich lange in der Stadt tätig, sein Geschäft scheint sich zu lohnen."

3

Catrin Sommerblom hatte die letzten Aufnahmen mit der Pentax auf ihr Notebook übertragen. Heute waren es Details vom St.-Jürgens-Friedhof und der Front des Heilgeistklosters. Sie hatte bearbeitet, Farben vertieft, geschärft, ein bisschen mit neuen Fotoprogrammen gespielt. Sie hatte nach den Hausbewohnerinnen im Netz recherchiert, nach ihren neuen Chefs und deren Firma. Auf Facebook guckte sie auch nach. Bis auf Jutta Tausendschön und Christel Zucker fand sie niemanden. Catrin fuhr das Notebook herunter. *Wenigstens funktioniert in der Wohnung das Internet.* Das Telefon bimmelte. „Lass klingeln, ich gehe sowieso nicht dran!" Den Festnetzanschluss nutzte sie nicht. „Wer hat denn meine Nummer?" Sie war misstrauisch. Vielleicht steckte eine Wanze im Hörer. *Die Zeiten sind wieder da,* fand sie. Sie telefonierte nur mit dem Smartphone. Wenn überhaupt. Es gab fast niemanden mehr, der sich dafür interessierte, wie es ihr ging und was sie machte. *Job und Wohnung, unglaublich, dass alles geklappt hat.* Catrin sprang auf, rannte durch das kleine Zimmer, setzte sich und versuchte, wieder ruhiger zu werden. Sie hatte ja etwas, an dem sie sich festhalten konnte: Den immer drängenderen Wunsch nach Vergeltung, der die innere Leere mit Unrast füllte. Ihre Pläne würden Folgen haben, daran musste sie denken. Böse Wünsche auch? Vorsätze? *Ich werde bald wieder ausziehen.*

Ihre inneren Gespräche steigerten ihre Nervosität. Jetzt schien es ihr, als würde jemand vor ihrem Fenster stehen. Sie starrte dorthin, wollte näher herangehen und blieb stehen. Die Figur schien undeutlich, die

Konturen waren nicht scharf. Sagte sie etwas? Galt das ihr? Eine Hand wurde wie warnend gehoben. Die Figur zeigte eine traurig wirkende Haltung, und es sah aus, als würden Tränen rinnen. Als Catrin sich aufraffte, zum Fenster zu gehen, verschwand die Gestalt. Nebel verhüllte die Sicht, Schwaden mit langen Fingern hoben und senkten, veränderten sich.

Nach einer langen Weile bewegte sie sich wieder, zog eine warme Jacke an und verließ die Wohnung. Wie getrieben, eilte sie zum Hafen. Auf dem Weg lichtete sich der Nebel. *War wohl so etwas wie eine Fata Morgana.* Sie hatte längst eine Vorstellung davon bekommen, wie es war, wenn man durchdrehte. „Ich will das nicht!" Sie wollte Freiheit spüren, wenn es denn eine gab.

Das Ozeaneum und der Lotsenturm wurden von der blaugrauen Abenddämmerung eingehüllt. Das Licht der Lampen zerrann auf dem gekräuselten Wasser. Während der tiefblaue Himmel darin versank, strahlte das Ozeaneum in futuristischer Beleuchtung und veränderte mit jedem Blickwinkel die Konturen, es erschien Catrin wie ein Schiff voller Geheimnisse. Sie beobachtete die Spiegelungen auf dem Wasser und hätte Stunden so stehen können.

Das Handy vibrierte, aber sie mochte mit niemandem reden. Jetzt war sie für Beschwerden der Mieterinnen nicht bereit. Frierend machte sie sich auf den Heimweg, mit Vorfreude auf ihr Bettzeug, um sich darin einzurollen und an nichts weiter als an Banalitäten denken zu müssen. Ohne Erbarmen schlug ihr der Wind entgegen, der ihr Tränen in die Augen trieb. Bevor sie die schützenden Häuser der nächsten Straße erreichte, kam ihr eine Frau entgegen, die einen wadenlangen Mantel trug und deren Gesicht in der mit Fell ausgestatteten Kapuze verschwand. Sie sagte etwas, Catrin drehte sich um und die Unbekannte löste sich wie Dunst auf. *Was sehe ich heute bloß?*

Aber sie wusste, was sie zu sehen meinte. Immer wieder gab es Frauen, die sie an ihre Mutter erinnerten. Ihre Mutter, die sie auch nach vielen Jahren immer noch schmerzlich vermisste. Sie eilte weiter und glaubte, hinter sich das Klappern der Absätze zu hören. Sie dachte an ihren Aufenthalt in der Klinik. Alles war noch zu nah bei ihr, um die Monate zu vergessen. *Begegnen Sie Ihren Ängsten!*, hatte man ihr gesagt. Sie sollte auch die Suche nach einem Vater vergessen, dem Tod ihrer Mutter gnädiger gegenüberstehen und deren damaligen Liebhaber nicht zum Hassobjekt stilisieren. Aber sie hasste ihn so intensiv, wie man auch lieben konnte.

Sie war immer eine gute Biologin gewesen. Dann, plötzlich hatten Erinnerungen an ihre erste Zeit in Stralsund zugeschlagen. Mit keinem Kollegen oder Freund hatte sie darüber sprechen können, und die Gedanken fraßen alle Worte. Sie wusste, wie sehr sie sich um Antworten bemüht hatte. Zu Hause hatte sie tagelang im Bett gelegen. Sie begann, sich in ihrer schönen Wohnung auf Rügen zu fürchten, es war, als würden sich die Wände verändern und ihr ins Gesicht fallen. An einem Tag, als sie glaubte, ein Seil schnüre ihr den Hals zu, schaffte sie es, ihre Ärztin anzurufen. Sie hatte geglaubt, sie müsse sterben. Es hatte gedauert, bis ihr Herz aufhörte, mit jedem Herzschlag wie eine ausbrennende Leuchtröhre zu flackern, es hatte gedauert, bis sie wieder schlafen konnte.

Als sie entlassen wurde, war ihr das Leben fremd geworden, es war nicht einfach, es selbst wieder in die Hand zu nehmen. Ihre Vorgesetzten von der Biologischen Station legten ihr die Kündigung nahe. Sie zog nach Stralsund, war froh, einen kleinen Job zu haben und eben etwas ganz anderes zu machen als bisher. Sie nahm sich vor, einfach das zu tun, was Stübbe und Heinrich ihr auftrugen. Nur diese Arbeit verrichten, hören, was geredet wurde, es weitergeben und wenn es nötig war, auch Wohnungsinteressenten durch das Haus führen.

Sie betrachtete die Mieterinnen wie eine besondere Spezies. Sie hörte den Frauen zu, sie tauschten Klatschgeschichten aus und sie merkte sich die Kritik an den Vermietern. War sie alleine, schmiedete sie Pläne und verwarf sie wieder. Alles schien ihr nicht richtig zu sein. Aber bei allem pflegte sie ihren Hass. Der hielt sie zusammen.

***

An diesem Abend fiel es Christel besonders schwer, in ihrer Wohnung zu bleiben. Im Wohnzimmer sah es schrecklich aus, die Decken vor den Fenstern erzeugten beklemmende Erinnerungen an Verdunkelung und an den letzten Krieg, den sie miterlebt hatte. Schon hatte sie das Heulen der Sirenen in sich, und sah das Hasten in den Luftschutzbunker. Damals lebte sie in Berlin, floh nach Stralsund, um ihre kranke Mutter zu unterstützen. Tage, in denen Schreckliches geschah. Die Wilhelm Gustloff wurde vor der pommerschen Küste durch drei Torpedotreffer des sowjetischen U-Boots *S-13* versenkt. An Bord waren Flüchtlinge und Christels Vater.

Als am 1. Mai 1945 der Anleger Altefähr beschossen wurde und Stralsund brannte, starb Christels Mutter. In den Wirren der letzten Kriegstage landete Christel bei einer Tante in Berlin und kam erst Jahrzehnte später nach Stralsund zurück. Mitte der 1950er Jahre debütierte sie am Theater am Schiffbauerdamm, später wurde ihr komisches Talent entdeckt und man konnte sie in etlichen Film- und Fernsehproduktionen sehen. Kurz vor ihrem achtzigsten Geburtstag hörte sie auf, es gab keine Rollen mehr für sie. Sie schaute sich auch keine Filme mehr an, in denen sie mitgewirkt hatte. Das war endgültig vorbei, sie lebte in dieser Wohnung, hatte sich eingerichtet und wollte nicht mehr ausziehen. Sie war genug herumgezogen.

Am Fenster knackte es plötzlich und laut. Christel zuckte zusammen. Wollte jemand einsteigen? War nicht schwierig, schließlich war das Haus eingerüstet. Sie fühlte sich unbehaglich und verlassen, zog eine Wolljacke an, nahm Decken und Kissen, und legte sie vor ihre Wohnungstür. Sie kroch unter die Decken, lag unbequem, schrecklich hart, sie fürchtete sich, am meisten vor einem Rausdrängen aus dem Haus, und kam nicht auf die Idee, dass sie sich vielleicht öffentlich beschweren könnte.

Ich bleibe. Wo soll ich auch hin?

Ihre Gedanken kreisten so lange, bis der Schlaf mit ihr Erbarmen hatte.

Es war noch dunkel, als sie erwachte. Christel überlegte, wo sie sich befand. Der Himmel war's nicht.

Sie hatte eiskalte Füße, von irgendwoher zog es, sie spürte einen brennenden Schmerz im Rücken und in der Hüfte.

Ich kann hier nicht bleiben.

Aber sie blieb liegen.

Noch lag das Haus im Schatten der Nacht.

Müssen wir ausziehen?

Unser Haus wird zerstört.

Sie schob die Decken von sich.

Aufstehen. Ächzend stützte sich sie auf dem kalten Fußboden ab, um wieder in die Gerade zu kommen.

Ihr kriegt mich nicht klein! Herr Stübbe, Herr Heinrich!

Die graue Schwere des frühen Morgens versickerte im Treppenhaus.

„Nimm dich zusammen. Jammer nicht." Beim Klang ihrer eigenen Stimme zuckte sie zusammen. Verdammt, wie die Jahre schmerzten. *Früher hüpfte ich leichtfüßig, nie hat mir etwas wehgetan. Früher liebte ich leichten Herzens … Jetzt, mit über achtzig, ist niemand mehr da, der mir die Füße wärmt.*

Sie öffnete die Wohnungstür, und zog keuchend das Bettzeug hinter sich her. „Ich brauch ein bisschen Musik."

Sie stellte das Radio an, aber so sehr sie auch Knöpfe drückte, es kam kein Ton. Nicht einmal das nervende Rauschen. *Habe ich den Stecker rausgezogen?* Den Gedanken vergaß sie, suchte nach ihrer Wärmflasche, fand sie im Bücherregal, oben auf den skandinavischen Krimis. In der Küche ließ sie Wasser in den Schnellkocher laufen und stellte das Gerät an.

Das Knistern und Knacken, dieses Brodeln in dem Topf mit dem vielen Kalk, fehlte ihr. Der rote Einschaltknopf leuchtete nicht. Sie steckte den Finger in das Wasser. Es war kalt. Kopfschüttelnd ließ sie in einen Kochtopf neues Wasser laufen, stellte ihn auf den Elektroherd und drehte die Schnellkochplatte auf zehn.

Auch so ein altes Schätzchen wie ich.

„Dauert aber, bis so ein bisschen Wasser heiß wird." Sie reckte sich und blickte aus dem Küchenfenster, blickte auf Fassaden, Bäume und Dächer. Beste Gegend. Alte Leute, die kriegte man raus. Es kursierten Gerüchte, dass die Firma unweit des Ozeaneums auch gekauft hatte.

Komisch, alles bleibt kalt und ich stehe im Dunkeln, das Licht geht nicht an. Sie bückte sich und betätigte den Schalter an der Stehlampe. Nichts. Christel probierte weitere Lichtquellen. Auch die funktionierten nicht. Sie ging zu den Heizkörpern und drehte sie auf fünf. Sie blieben kalt.

Christel nahm ihren Schlüssel und ging nach unten. Neben der Tür zum Keller hingen die Stromzähler für die Wohnungen.

Die Sicherung war rausgesprungen. Sie knipste den kleinen Hebel wieder in die richtige Position. Als sie zurückkam, sah sie, dass das Licht brannte, die Herdplatte glühte und das Wasser heiß wurde. Christel füllte es in die Wärmflasche. Als sie auf die Uhr schaute, war es halb fünf.

Nur die Heizungen taten es nicht.

Sie erinnerte sich an das letzte Gespräch über Skype mit ihrer alten Freundin Ilse, die in Chicago lebte. Mit der Wärmflasche im Rücken fuhr sie den Notebook hoch, und wählte die Freundin an. Christel trug den Computer durch die Wohnung und wies auf die Decken vor ihren Fenstern hin. Öffnete das in der Küche und zeigte der Ausgewanderten die Sterne über Stralsund. Danach schlurfte sie ins Bett, zog die Decke hoch bis zum Mund, und ließ Gedanken reisen.

***

Eine Tür klappte laut. Sie warf das Bettzeug mit dem Blümchenmuster zur Seite, stand auf, legte die Hand in den Rücken und schlurfte zum Schrank, an dem ein abgeschabter Bademantel hing. Sie schüttelte den Kopf, um ihn von den Nachtgespinsten freizukriegen und wusste nicht einmal, wie viel Uhr es war. Sie trug schon lange keine Armbanduhr mehr.

Christel hörte jemanden gehen, griff nach dem kaputten Stockschirm, der zur Verteidigung neben ihrem Bett hing, schlich durch den Raum, dachte kurz, wie albern und entdeckte in der Küche einen Mann, der am

40

Herd rumschraubte. Angespannt biss sie sich die Lippen blutig, hob den Schirm und im Schwung wurde sie von hinten mit einem schmerzhaften Griff daran gehindert. Eine kräftige Hand schnappte nach dem Schirm und Christel schrie mit kräftiger Stimme dramatisch: „Ich bin bewaffnet. Hilfe, Einbrecher!“

„Gute Frau, was soll das werden? Hören Sie bitte mit dem Schreien auf.“

„Was machen Sie in meiner Wohnung? Sie haben mich fast zu Tode erschreckt!“

Die Männer trugen blaue Latzhosen, solche, wie sie Monteure tragen. „Vielleicht haben Sie vergessen, dass Ihr Wohnungsschlüssel steckte. Außerdem haben wir uns bei allen Mieterinnen und auch bei der Hausmeisterin angekündigt. Vielleicht haben Sie auch das vergessen? Heute müssen wir laut Auftrag in allen Wohnungen die Herde abmontieren. Die neuen Stromleitungen werden verlegt.“

„Ich weiß aber nichts darüber.“

„Jetzt sind wir hier und wollen schnell weitermachen. Ihr Herd ist überfällig. Am besten kaufen Sie sich einen neuen, dann kann ich ihn anschließen, wenn die neuen Leitungen gezogen sind.“

„Der alte tut's noch.“

„Das Schmuckstück stammt ja noch aus dem letzten Jahrhundert. Sehen Sie einmal her, die Leitungen sind fast durchgeschmort. Wir wollen doch nicht, dass Sie einen Stromschlag bekommen.“

„Da mache ich nicht mit.“

„Sie müssen aber!“ Der Mann winkte den Kollegen herbei. „Dass es so was noch gibt“, staunte er. „Ein steinalter Küppersbusch, meine Güte. Werner, nimm die Rollkarre, nicht die Treppe runterwerfen.“

„Hier wird nichts geschmissen“, sagte Christel schrill.

„War nur ein Spaß! Also, wir haben noch bis nächste Woche im Haus zu tun. Wenn Sie innerhalb dieser Zeit einen neuen kaufen, schließe ich Ihnen das Teil an."

„Ich werde nichts kaufen!" Christel humpelte ins Schlafzimmer, nahm sich Sachen zum Anziehen aus dem Schrank, ging ins Bad und schloss sich ein.

Geduscht und angezogen schob sie sich an dem Handwerker vorbei. Nahm Filter und die Kaffeedose aus dem Unterschrank.

„Den Strom mussten wir abstellen. – Wie ich diese Uraltleitungen hasse."

„Ich brauche meinen Kaffee, sonst geht bei mir überhaupt nichts."

„Den müssen Sie heute außerhalb trinken. Der Alte Markt ist ja nur ein paar Schritte entfernt. Gönnen Sie sich ein feines Frühstück. Nun gucken Sie nicht so, als würde ich Ihnen was klauen. Keine Sorge, wir sind ehrliche Leute." Er hustete. „Werner, beweg dich, trag den Herd runter."

„Der Glaser kommt, Frau Zucker, sind Sie da?", rief die Hausmeisterin.

Christel zitterte, hatte Hunger und brauchte als erstes einen starken Kaffee. Im Hausflur wurde gesprochen. Christel ging nach unten und blickte mit vergrätzter Miene von einer zu anderen Bewohnerin.

„Was passiert hier eigentlich?", fragte Jutta. „Ich krieg die Krise, die wollten mir den Heizkörper aus meinem Bad abbauen. ‚Nur über meine Leiche', habe ich gesagt. Sagte einer: ‚Achten Sie mal drauf, wie schnell Sie eine sein können.' Muss ich mir das gefallen lassen?"

„Frau Sommerblom!" Christels Gesicht bebte vor Empörung. „Sie wussten, dass die Herde abmontiert werden. Warum haben Sie nichts gesagt? Hab fast einen Pieps bekommen. Wir können nicht mehr schlafen, bald kracht das Haus zusammen." Dass sie sich in den Flur gelegt hatte, verschwieg sie.

„Habe ich Ihnen mitgeteilt, Frau Zucker. Außerdem wurden alle Mieterinnen deshalb angerufen.“

Irritiert schüttelte Christel den Kopf. „Das glaube ich nicht. Neue Stromleitungen soll es auch geben. Wusstet ihr das?“

„Hier eine Frau Zucker?“

Christel drehte sich um und sah einen Mann in der Haustür stehen.

„Ja.“

„Wir haben ein wenig Pech gehabt. Mein Kollege ist über die Steine vorm Haus gestolpert, da sind ihm die Scheiben aus den Händen gerutscht.“

„Das heißt?“

„Glück und Glas. Kennen Sie doch. Wir kommen morgen wieder.“

„Kann doch nicht wahr sein!“, mischte sich Astrid ein.

„Einen Tag länger werden Sie bestimmt aushalten“, sagte Catrin. „Ich setze uns allen erst einmal Kaffee auf … ach, jetzt geht es doch nicht, ich habe ja keinen Strom.“

Christels Augen waren rot und die Tränensäcke geschwollen. Die Unruhe machte sie fertig. Sie befürchtete, dass alles noch viel schlimmer würde. *Ich muss mit den anderen in Ruhe reden, wie wir die Vermieter von ihren Plänen abbringen können. Oder sie entführen. Oder in die Ostsee werfen. Irgendetwas wird's ja wohl geben.*

Wieder steigerte sich der Lärm und dicke Staubwolken zogen durchs Haus.

4

„Ich hoffe, unsere weiteren Ideen sagen Ihnen auch zu“, sagte Roland Stübbe am Ende des Telefongesprächs mit dem Baudezernenten. „Die werten auf, sehen Sie sich die Tage bitte unsere Pläne an. Lassen Sie uns ein Gespräch ausmachen.“ Stübbe war jemand, der weit voraus dachte, eine Eigenschaft, die in seinem Geschäft unumgänglich war. Er saß in dem gigantischen Schreibtischstuhl, den er von seinem Vater geerbt hatte und niemals gegen einen modernen austauschen würde.

Es klopfte. Die Tür wurde geöffnet. „Du bist ja doch da, ich dachte …“, fragte der eintretende große und schlanke Mann. Tiefliegende, dunkelblaue Augen musterten Stübbe. „Hast du die letzten Änderungen für die Wohnungen Heilgeiststraße gesehen? Ich habe sie schon abgesegnet. Die Handwerker sind einigermaßen im Zeitplan. Aber wir lassen die solange arbeiten, bis die Mieterinnen von selbst kündigen. Dann brauchen wir keinen Abstand zahlen und müssen uns nicht mit Betroffenheiten auseinandersetzen. Außerdem könnten wir zügig eine Musterwohnung herrichten. Schade, dass wir keins der alten Giebelhäuser kaufen können – Roland? Hörst du nicht zu?“

„Ich habe gerade mit meinen Gedanken privatisiert. Chrissie …“, murmelte Stübbe.

„Chrissie … Roland, blondes Haar, Handschmeichler und schon bist du … Ist doch wahr. Guck nicht so empört.“ Karsten Heinrich hasste Blondinen. Bei ihm erregte eine Frau erst sein Interesse, wenn ihr Haar lang, üppig und braun war. „Die wird dir Ärger machen.

Chrissie ist eine, die selbst beim Bürgermeister aufläuft und großes Trara macht, wenn ihr was nicht passt."

„Nicht mehr. Ist wieder in Berlin." Dass er an eine ganz andere Beziehung gedachte hatte, die einmal sehr intensiv gewesen war, ging Heinrich nichts an. Und psychologisch brauchte der ihm auch nicht zu kommen. Der Gedanke erinnerte ihn an das Grab auf dem St.-Jürgens-Friedhof. *Ich möchte es mir noch mal ansehen,* dachte er.

„Gut. Dann können wir die ganz dringenden Sachen besprechen. Mit den Berliner Anwälten hast du telefoniert?"

Stübbe gähnte unverhohlen. „Die sind ganz auf unserer Linie. Sie finden es auch nach wie vor richtig, dass wir klein auftreten – muss nicht jeder wissen, wie sehr wir inzwischen gewachsen sind. Immer schön den Ball flachhalten. Unser Image als ehrbare Kaufleute darf nicht beschädigt werden. Wer hätte das einmal gedacht – vom einfachen Makler zum Bauunternehmer und bekannten Sanierer."

„Sag mal, kommt eigentlich Frau Sommerblom mit allen Anweisungen zurecht? Ich frage mich immer noch, ob diese Personalentscheidung die richtige war."

„Die kommt klar", bestätigte Stübbe. „Der Job ist ja nur für eine kurze Zeit gedacht. Aber mit der kann man sich sogar unterhalten. Die Frau ist sehr angenehm. Und kochen kann sie auch. Ich war da, um ihr zum Einstand ein paar Blümchen zu bringen. Jedenfalls schmurgelte sie gerade im Backofen eine Lammshaxe. Die war himmlisch. Ich war so passend gekommen, als wären wir zum Essen verabredet gewesen. Und das alles in der winzigen Küchenzeile. Wir haben uns übers Kochen unterhalten, über Vegetarier, Veganer, über Fisch und Fleisch. Dann hörten wir im Flur die Mieterinnen schimpfen. Ich aber wollte von denen nicht gesehen werden. Sonst dichten die mir noch was an.

Frauen im fortgeschrittenen Alter haben oft eine blühende Phantasie, weil sie sonst nichts mehr haben. Also rief ich den Müller aus der Buchhaltung an, zitierte ihn her, und ließ ihn durchs Fenster in die Wohnung kriechen. War lustig. Als dann wieder gegen die Wohnungstür geklopft und geschimpft wurde, kam er statt meiner heraus und verschwand. Das sah aus, als wäre es ihr Freund gewesen. Die Frau hat Nerven. Sie bat sofort alle in die Wohnung, sie war ganz im Dienste der Mieterinnen. Als ich das merkte, verschwand ich im Bad und haute dann ab durchs Fenster. Klar habe ich erst geguckt, dass mich keiner sieht. War ein aufregendes Gefühl wie einst als Junge. – Karsten, setz dich doch, dein Herumstehen macht mich nervös.“

„Nicht nötig. Bin gleich wieder weg.“

„Wirklich, Sommerbloms Art kommt bei den Mieterinnen an. Für dieses Haus ist sie die passende Besetzung.“ Stübbe strich über das hauchdünne Porzellan der Teetasse. *Dieser kühle Blick!* Stübbe blickte seinen Kompagnon an, und hatte innerlich Catrins Stimme und ihre Bewegungen vor Augen. Nur nicht ihr Gesicht. Gesichter konnte er sich sehr schlecht merken. Sie hatte etwas an sich, das tief in ihm Träume weckte. Träume, die dem Sommer gehörten.

„Wir müssen aber daran denken“, sagte Heinrich, „ihr rechtzeitig zu kündigen. Nicht, dass sie glaubt, sie könne nach der Innenrenovierung wohnen bleiben – und dann noch bei der extrem geringen Miete.“

„Sie hat unsere Verschwiegenheitsklauseln akzeptiert und unterschrieben ... Die Frau braucht Geld, alles Weitere wird ihr egal sein. Ich meine, sie sollte bleiben, bis die Käufer eingezogen sind. Denen kann sie zur Hand gehen. Solch ein Service, im Kaufpreis inbegriffen, kommt immer an. Aber wir bleiben dabei, dass wir die Hausmeisterwohnung nicht verkaufen, sondern zu einem moderaten Preis vermieten ... Wir weisen auf weitere Kaufmöglichkeiten hin, und so weiter. – Ein sozialer Touch macht sich immer gut."

„Wir müssen uns noch darüber klarwerden – machen wir nun Kleinstapartments aus dem Dachboden oder doch lieber Stauräume für die Eigentümer? Vielleicht ist das besser. Ich war noch gar nicht da oben. Du?", fragte Heinrich.

„Ich war. Und plädiere für Stauraum."

„Ich gehe davon aus, dass unsere alten Damen noch vor Beendigung der Arbeiten im Pflegeheim sind. Und mit den Nerven am Ende." Heinrich lachte. „Nur diese Autorin Tausendschön ist um einiges jünger."

„Nicht, dass die über uns schreibt!"

„Warum sollte sie?", fragte Heinrich. „Ich glaube nicht, dass die Frau Ärger mit uns haben will."

„Das kann Sommerblom herausfinden. Die wird sich schon klug verhalten. Bei der Steegdorn muss sie genauer hinhören. Die sieht nach Gewerkschaft aus." Stübbe zog eine Schublade auf, entnahm ihr ein kleines Taschenmesser und säuberte damit seine Fingernägel. „Jedenfalls hat Mieterin Steegdorn schon mehrere Male angerufen. Du hast doch auch letztens mit unserer Hausmeisterin gesprochen. Lief doch gut, oder?" Stübbe machte sich eine Notiz. Er hob den Kopf, blickte den Kollegen an, sah zum Fenster, und eine Möwe tanzte mit dem Wind.

„Roland – nur weil die Sommerblom auf dich interessant wirkt, solltest du sie nicht überschätzen. Jedenfalls war mir alles ein wenig mager, was sie zu berichten hatte. Klang fast, als hätte sie sich mit den Mieterinnen solidarisiert. So geht das nicht. Das weißt du auch. Sie soll behilflich sein, aber keine Freundin werden. Und du fängst an, sie anzugaffen. Deine Schwänzelei ist unprofessionell."

Heinrichs Kritik ärgerte Stübbe. Auch wenn sie Partner waren, insgeheim sah er sich immer als den ersten Mann der Firma.

„Haben wir ein bisschen mehr Vita von ihr? Es ist nie verkehrt, von Untergebenen etwas in der Hand zu haben, wenn sie mal außerordentlich anstrengend werden sollten“, sagte Heinrich.

Stübbe klappte das Messer zu und legte es zurück in die Schublade, nahm Tasse und Unterteller und stellte beides auf das Tablett. Danach zog er einen weißen Aschenbecher aus Porzellan heran, klappte ein dünnes Etui auf, zog seine um diese Zeit übliche Zigarette hervor und zündete sie an. „Mach jetzt nicht so ein Gewese darum. Das ist eine Hausmeisterin und keine Direktionsassistentin. Meine Güte. Wir haben ja noch den Termin in der Heilgeiststraße. Lohmeier soll dahin und hören, was die Mieterinnen zu sagen haben. Wir kommen eine halbe Stunde später. Ich finde das besser so.“

Karsten Heinrich hustete demonstrativ. „Kannst du nicht draußen rauchen? Ich habe keine Lust, nachher zu stinken.“

„So ist es angenehmer“, erklärte Stübbe. Seine tiefe kräftige Stimme füllte den Raum.

Wieder hustete Heinrich. „Weiß Lohmeier, dass er vorab mitteilen soll, dass die Arbeiten intensiver werden?“

„Weiß er.“ Stübbe lachte. Wenn er zufrieden lachte, strahlten seine Augen. „Dieser Bautrupp war ja auch in Binz ungemein tüchtig. Dort haben wir die Altmieter auch aus den Wohnungen gekriegt. Alles eine Frage des Willens.“

„Und wir sind uns doch einig, ins aktuelle Projekt keine Ausländer?“, fragte Heinrich und zog wie zur Bekräftigung der Frage die Augenbrauen hoch.

„Wenn bei uns Dänen und Schweden wohnen wollen, warum denn nicht? Die passen doch und können zahlen. Oder liegt deine Betonung auf Flüchtlingen? Wohnungen, wie wir sie haben, werden zu teuer sein. Nein, nein, kommt nicht in Frage. Benno kam mir auch schon mit dem sozialen Schwachsinn und meinte, wir sollten eine Wohnung für Flüchtlinge freigeben. Nix da." Stübbe nickte zufrieden. „Wir wollen ja noch in die Heilgeist. Liegt das Exposé in der Neufassung vor?"

„Die erweiterte Auflistung sagt den Interessenten, dass ein paar Meter weiter alles da ist, was für den Alltag benötigt wird. Wer einen Wochenmarkt braucht, den gibt's zweimal wöchentlich am Neuen Markt, auch fußläufig erreichbar. Neulich lagen ja die toten Fische auf dem Alten Markt. Keiner wusste, wie die dahin gekommen waren. So was darf nicht mehr passieren. Ich habe mit der Kommissarin Jordan darüber gesprochen. Kann man nicht viel machen, sagte sie." Es ging auf Mittag zu. Heinrich hatte Hunger.

„Wenn eine Frau wie die Kommissarin Dorothea heißt, solltest du dich zurückhalten", sagte Stübbe.

„Warum?"

„Meine Ex heißt Dorothea. Insofern weiß ich, wovon ich rede."

„Sobald du diesen Namen hörst, bist du angefixt", stellte Heinrich fest. „Ich rufe Frau Jordan in den nächsten Tagen aber an. Mir liegt da was auf der Seele."

„Das wäre?" Stübbe schloss die Augen und legte die Hand auf seinen Magen, der trotz Ingwertee schmerzte.

„Die nette Frau Sommerblom."

„Was willst du denn noch wissen? Wie und wo sie gewohnt hat, bevor sie nach Stralsund kam? Hat sie doch erzählt. Sie ist nicht auf Hartz IV, nicht auf Drogen. Ich verstehe nicht, warum du dich gerade an dieser Person derartig festbeißt. Lass uns noch eben die Entwürfe überfliegen, dann sind die auch abgesegnet."

5

Dieser Lärm im Haus verstärkte die Traurigkeit, die sich in Catrin einnistete. Wieder einmal. Sie hatte gedacht, diese Empfindungen seien vorbei. Nichts war vorbei. Und jener Traum, an dem sie immer noch festhielt, wärmte nicht mehr. Nicht, seitdem sie in Stralsund war. Sie hatte es sich leichter vorgestellt. Aber sie hatte sich auch geschworen, ihr Leben wieder leben zu können, nicht mehr eingesperrt zu sein in einer Trauer, aus der sie sich nur selbst erlösen konnte.

Sie brauchte dringend das neue gute Leben, das man ihr zugesagt hatte, an das sie glaubte, auf das sie hoffte, Tag um Tag. Ein Name stand auf der Fensterscheibe wie in Leuchtbuchstaben geschrieben, sie wischte über das Glas, da merkte sie, dass da nichts war. Drehte sich um. Ballte die Fäuste, um sich zu spüren, stampfte auf, um in der Realität zu bleiben. Sie musste ihren Job erfüllen, sonst flog sie vorzeitig raus. Dass Arbeitgeber damit nicht zimperlich waren, musste ihr keiner sagen. Sie hielt sich die Ohren zu, sie hörte einen nicht enden wollenden Schrei. Als es klingelte, verblasste er.

„Lohmeier. Guten Tag. Ich komme im Auftrag der Firma Stübbe und Heinrich. Frau Sommerblom? Ich möchte mich schon mal über die Beschwerden unterhalten", drechselte er.

Schicken die so ein Jüngelchen! Catrin bat ihn herein. „Setzen Sie sich doch. Ich rufe die Hausbewohnerinnen, die können doch bei dem Gespräch dabei sein." Schon war sie im Flur und rief: „Würden Sie bitte zu mir kommen? Ein Vertreter der Vermieter ist da."

Astrid sah Lohmeier neugierig an. „Wann sind die Arbeiten endlich fertig?“, fragte sie ihn und streckte ihr Kinn kampflustig vor. Neben ihr saß klein und verloren Christel Zucker. Als dritte bemühte sich auf der Sofalehne Jutta Tausendschön mit Männerpullover, einer hellen Sommerleinenhose und Segelturnschuhen um Balance. Hildegard hörte von ihrem bequemen Sessel aus zu.

„Meine Damen, ich erkläre Ihnen jetzt gerne die weiteren Maßnahmen“, begann er. „Beschwerden, falls Sie überhaupt welche haben, tragen Sie bitte den Herren Stübbe und Heinrich vor, die gleich kommen. Mein Name ist Lohmeier, falls Sie das eben nicht verstanden haben“, sagte er sehr laut.

„Sie brauchen nicht brüllen. Ja, wir haben Beschwerden“, sagte Jutta nadelspitz.

„Herr Lohmeier, ist Ihnen bekannt, dass die Elektroherde bei allen Mieterinnen abmontiert wurden?“, ging Catrin dazwischen. „Einer wurde ohne Zustimmung der Besitzerin in eine Mulde gekippt. Die Damen können nicht mehr kochen. Und wann werden die neuen Leitungen gezogen?“

Lohmeier blickte die Hausmeisterin erstaunt an und wandte sich an die anderen. „Sie wohnen fantastisch, bester Ort am Platz, das wissen Sie auch. Immer noch zu einem unwahrscheinlich niedrigen Quadratmeterpreis. Aber Sie wissen ja längst, fast alle Wohnungen in diesem Haus werden bildschöne Eigentumsobjekte. Erst sollte das Angebot mit Mietwohnungen gemischt werden, aber nun ja ... Nur diese Hausmeisterwohnung hier fällt aus dem Eigentumsbestand heraus. Dazu werden Ihnen die Vermieter noch etwas sagen können. Die Arbeiten gehen gut voran. Ich gehe davon aus, dass Sie damit zufrieden sind?“

„Zufrieden?", warf Astrid ein. Sie zog sich eine schwarze Baskenmütze tief ins Gesicht. „Haben Sie doch gerade gehört, wir stehen bis auf die Hausmeisterin ohne Herd da. Unsere Küchen sind versaut, wer ersetzt die Schäden und wie soll alles weitergehen?" Sie hatte Block und Bleistift dabei und kaute auf letzterem herum. Dabei zupfte sie sich winzige Holzsplisse von der Zunge.

„Haben Sie den Dreck gesehen?" Jutta sprühte vor Empörung. „So geht man nicht mit seinen Mietern um. Bald kommen die ersten Herbststürme, es wird kälter und seit gestern Abend funktionieren die Heizungen nicht mehr. Wann werden die wieder angestellt?"

„Ihre Uraltherde mussten weg. Sie waren lebensgefährlich, und die alten Leitungen scheinen aus dem Mittelalter zu sein."

„Im Mittelalter gab's keine Elektroherde", belehrte ihn Christel.

„Frau Sommerblom hat einen Elektroherd. Der kommt zuletzt dran. Bis dahin werden Sie sicher ab und zu ein Süppchen warmmachen können. Besitzt keine von Ihnen eine Mikrowelle?" Den Blicken entnahm er, dass es so war. „Gibt's doch für ein paar Euro. Regeln Sie das untereinander. Sie müssen schon ein bisschen Unruhe und Schmutz aushalten und kooperativ sein. Wenn Sie etwas fröstelig sind, warm anziehen hilft immer. Wir befinden uns nun mal gerade in einer aufwändigen Strangsanierung. Dagegen kann ich nichts tun."

„Klingt nach Strangulieren", stellte Astrid mit bissigem Unterton fest.

Zufriedenheit blitzte aus Lohmeiers Augen. „Ich erkläre Ihnen, was eine Strangsanierung bedeutet. Ver- und Entsorgungsleitungen wie Wasser, Abwasser, Strom und Telefon verlaufen vertikal. Das sind also Stränge. Und die Erneuerung derartiger Leitungen muss deshalb auch immer strangweise erfolgen. Darum waren heute die Herde dran. Die mussten weg, hier werden neue Leitungen von unten nach oben gezogen. Die neuen Rohre für die Küchen und Bäder werden hochgezogen. Da kann es ein bisschen stauben."

„Ein bisschen? Sie sollten nur einen Tag lang hier wohnen. Dann erzählen Sie nichts mehr von *ein bisschen*. Und was ist mit unserer Privatsphäre? Da kommt heute Morgen ein Elektriker einfach in meine Wohnung, während ich noch schlief!" Christel bekam vor Aufregung einen Schluckauf.

„Handwerker können nicht warten, bis Sie aufgestanden sind. Jaja", lachte Lohmeier und wurde immer selbstbewusster, „Rentnerinnen haben's gut. Können den ganzen Tag im Bett liegen. Da brauchen Sie auch nicht kochen ... Die Firma bemüht sich, dass Sie nicht über Gebühr belästigt werden. Nur in diesem Haus ist alles ein bisschen unübersichtlich, da muss gebohrt werden, es wird neue Löcher geben. Und so weiter. Vielleicht ziehen Sie vorübergehend in eine Ferienwohnung? Oder ganz aus? So eng ist doch bei uns der Wohnungsmarkt nicht." Er sah dabei zu Catrin, bei deren langen schlanken Beinen sich seine Pupillen weiteten.

„Warum müssen die Rohre raus?", fragte Hildegard nervös. Sie rieb ihre Hände gegeneinander. „Frau Sommerblom, könnten Sie Ihre Heizung anmachen? Ich friere."

Catrin drehte das Handventil auf.

Es klopfte.

Schon standen die Vermieter im Raum und stellten sich vor. Lohmeier verabschiedete sich.

Stübbe, angetan mit maritimen Streifen und Jeans, einer Rollmütze, fragte. „Konnte unser Mitarbeiter alles klären?"

Karsten Heinrich in Dunkelblau nickte zuvorkommend in die Runde. „Sieht ja böse aus im Treppenhaus.

Sie helfen der Hausmeisterin, die ansonsten ja alles für Sie erledigt?" Er nickte. „Sie sind nicht ganz mit dem Ablauf der Arbeiten zufrieden?" Ungeduldig blickte er in die Runde.

Catrin stellte ein Tablett mit Gläsern, Wasser und Saft auf den Tisch. Am liebsten wäre sie aus dem Haus gegangen, wäre weggefahren in eine ihr fremde Stadt. *Und dann?*, dachte sie. *Habe ich noch nicht das getan, was ich tun muss.*

Christel machte auf Dramaqueen. Wenn es ihr gefiel, konnte sie das immer noch gut. „Alles Schikane, alles Schikane!" Trotz ihres Schimpfens amüsierte sie sich. Die Situation war ein bisschen wie bei einer Sprechprobe beim Film.

Jutta war überrascht, als sie Roland Stübbe genauer ansah. *Den kenne ich doch. Als ich gegen mein Auto getreten habe und zum Friedhof wollte. Der war doch auch vor diesem Grab mit dem Stein, auf dem dieser eigenartige Satz stand.*

„Sie müssen schon ein wenig Verständnis für unsere Maßnahmen aufbringen", begann Stübbe. „Vieles in diesem Haus ist veraltet, Rohre sind angerostet, Stromleitungen liegen zum Teil noch über dem Putz ... Vorvorkriegsinstallationen. Schließlich soll es von außen und innen repräsentativ werden. Die Wohnungen sollen ja gehobenen Ansprüchen gerecht werden. Wir machen daraus Eigentumswohnungen, bis auf die Hausmeisterwohnung. Sie, meine verehrten Damen, bekommen natürlich den Zuschlag – falls Sie kaufen möchten. Nur bewerben Sie sich sofort. Unsere Interessentenliste ist immens. Dass es momentan ein bisschen zieht ... Ich denke, in Ihrer Kindheit gab's sicher kaum Heizungen. Oder nur hie und da Bäder, es gab doch nur Etagenklos."

„Herr Stübbe", begann Hildegard. Ihr war alles egal. Nur ihre Wohnung nicht. Maliziös lächelnd fuhr sie fort: „Wir kennen Heizungen und Bäder. Auch Porzellantoiletten."

Unbeirrt übernahm Heinrich das Gespräch: „Ihre Generation kann ja ein bisschen was aushalten. Das weiß ich von meinen Eltern." Er saß breitbeinig und verschränkte die Hände hinter dem Nacken. Er wartete einige Sekunden, sah einer nach der anderen ins Gesicht. „Die Damen haben etwas merkwürdige Vorstellungen von Mietwohnungen. Die Räume gehören Ihnen nicht. Da bringen Sie etwas durcheinander."

„Möglich, dass wir den Hof auch nutzen werden. Für einen Anbau", ergänzte Stübbe.

Von draußen wummerte Musik herein.

Alle redeten durcheinander. Das Stimmengewirr wurde Catrin zu viel, am liebsten hätte sie jeden rauskomplimentiert. Die Wohnung war zu eng für solche Besuche. Und jeder fasste ihre Sachen an. Sie murmelte etwas von Arbeit und Nachsehen müssen, aber niemand hörte ihr zu. Sie nahm ihre Schlüssel und verließ die Wohnung.

Unterdessen erklärte Heinrich, dass bei Christel wegen der fehlenden Scheiben Planen zur Abdichtung gehängt würden, und verwahrte sich gegen ihre Einwände. Hildegard verwies wieder einmal auf den Mietvertrag, und er betonte, dass alles rechtens ablaufen würde.

Stübbe ging dazwischen. „Wenn es Ihnen nicht mehr in Ihren Wohnungen gefällt, können Sie ab sofort ausziehen. Wir würden Ihnen bei einer Kündigung entgegenkommen. Das erledigen wir für langjährige Mieterinnen ganz unbürokratisch." Er stand auf. Dehnte seine Schultern und zeigte ein versöhnliches Lächeln.

Auch Karsten Heinrich lächelte. „Suchen Sie sich eine moderne Wohnung. Barrierefrei – dann ist manches einfacher für Sie."

„Erst bieten Sie uns unsere Wohnungen zum Kauf an, ohne einen Preis zu nennen. Wahrscheinlich ist der astronomisch hoch – und wir mit unseren kleinen Renten können uns das nicht leisten. Mit über achtzig würde ich sowieso nicht mehr kaufen", sagte Christel, starrte die Männer an, böse, erschrocken und müde. „Einen Kredit kriege ich in meinem Alter nicht mehr."

„Meine Damen! Hören Sie mir doch bitte zu. Es wird alles Zug um Zug gehen und Frau Sommerblom erhält noch heute einen Radiator. Sie wissen doch inzwischen, dass der alte Heizkessel und die ungedämmten Leitungen und Armaturen ersetzt werden müssen." Er lehnte sich lässig gegen eine Wand.

Heinrich trat vor Christel, die mit hochrotem Kopf dasaß. „Bei Ihnen sprang die Hauptsicherung mitten in der Nacht heraus? Sie kochen nachts? Gnädige Frau, Sie klingen wie meine Mutter, aber die ist jetzt auf der Demenzstation. Gehen Sie essen, bis Sie einen neuen Anschluss haben."

Auch die Sache mit den abmontierten Briefkästen konnte er auf seine Weise klären. „Solange die Fassade abgeklopft wird, geht das nicht anders. Seien Sie doch nicht so stur! Der Strom kann stundenweise, vielleicht auch tageweise immer wieder unterbrochen sein. Tut mir auch leid. Es soll ja schön werden. Und ein sicheres Haus soll es auch werden. Hat ja ein langes Jahrhundert sozusagen auf dem Dach. Die Dachdecker arbeiten schon dran."

Heinrich wandte sich von Christel ab und blickte die Frauen an. „Wir möchten Ihnen Folgendes anbieten: Wer jetzt schnell ausziehen möchte, erhält von uns jeweils dreitausend Euro. Wir machen uns Sorgen, dass Ihnen die Innenrenovierung zu viel werden könnte."

Als hätten sich die Mieterinnen verabredet, riefen sie zusammen:

„Wir bleiben zu den bisherigen Konditionen."

„Wir brauchen keine Luxuswohnungen."

„Sie können uns nicht einfach rausdrängen."

„Wir unterbreiten Ihnen nur verschiedene Möglichkeiten. Überlegen Sie es sich. Aber nicht zu lange." Heinrichs Stimme blieb zuvorkommend. „Meine Damen, Sie können sich jederzeit mit Ihren Sorgen an unsere Hausmeisterin wenden. Sie wird Ihnen behilflich sein. Nur bitteschön keine Anrufe bei uns im Büro. Wir haben zu tun und unsere Sekretärin Frau Pritzkoleit, auch. Übrigens, wo ist denn Frau Sommerblom?" Er blickte sich um. „Na, wird sicher gleich wiederkommen. Damit ist das Wichtigste erst einmal besprochen. Einen schönen Tag allerseits."

***

Catrin begann abzuräumen.

„Ich fühle mich wie durch die Mangel gedreht", dröhnte Christel und rollte die Augen. „Hilflos und an die Wand gedrängt. Haben die das tatsächlich so gemeint? Außerdem ist mir kalt."

„Es gibt gleich den Radiator", sagte Jutta. „Außerdem – wir hätten doch nach Radiatoren für unsere Wohnungen fragen können. Was sind wir dämlich. Wenn wir uns weiter so doof verhalten, werden die Vermieter auch nicht anders wie eben mit uns umspringen."

„Es gibt keine weiteren mobilen Heizkörper", erklärte Catrin. „Das machen die nicht, allein schon wegen der Stromunterbrechungen, die noch etliche Male anfallen werden. Das wird auch bei mir passieren. Aber solange der Strom läuft, können Sie sich zwischendurch aufwärmen oder sich auch was in meiner Mikrowelle warmmachen." *Das muss ich anbieten, so kann das nicht weitergehen. Die Frauen tun mir leid.*

„Und die Gefrierfächer? Die Kühlschränke? Was drin ist, vergammelt." Jutta geriet in Rage.

„Alles wird sich finden." Mit dieser kryptischen Antwort blickte Catrin von einer zur anderen und dachte für sich: *Was soll ich ihnen denn sonst sagen? Ich habe meine eigenen Probleme. Ich brauche keine tägliche Mieterversammlung.* „Es gibt Schlimmeres. Gehen Sie spazieren, zum Bodden oder zum Hafen, was weiß ich. Beobachten Sie die Wasservögel, sammeln Sie schöne Steine und Hühnergötter, dann kommen Sie auf andere Gedanken." *Lasst mich in Ruhe!* „Ich kümmere mich hier um vieles, aber Sie sind nicht hilflos wie Kleinkinder. Ihre Nachbarn kriegen ja auch den ganzen Lärm mit, bisher hat sich von denen keiner beschwert!"

„Die sind tagsüber weg, sind alle berufstätig." Hildegard antwortete in ihrer trocken-spröden Art. „Lassen wir unsere Hausmeisterin in Ruhe. Wir setzen uns zusammen und überlegen, wie wir am besten gegen das ganze Theater angehen können."

„Jeden Morgen frage ich mich, ob ich arbeiten kann", sagte Jutta. „Kann ich nämlich nicht. Ich habe diesen Zirkus hier", sie machte eine raumgreifende Bewegung, „einfach nur satt. Vielleicht fällt mir beim Spazierengehen etwas ein, wie wir uns wehren können. Gibt es in der Nähe eigentlich Treibsand?"

„In Dänemark oder an der polnischen Küste ganz sicher. Dorthin wollen Sie die Herren ja wohl nicht hinschleppen?" Catrin unterdrückte ein Grinsen. „Früher geschah im heutigen Słowiński-Nationalpark das, was Sie sich wünschen ..."

„Ich werde mir auch etwas überlegen." Astrid fuhr mit unruhiger Hand durch ihr braun nachgefärbtes kurzes Haar und entdeckte darin winzige Betonkrümel. „Schweinerei."

Catrin merkte, dass sie die Frauen im Augenblick wohl nicht loswerden würde. Sie entschloss sich, alle zu einem Stück Kuchen einzuladen. Das würde den vorherigen Gesprächen die Spitzen nehmen. „Ich lauf rüber zum Bäcker und hol schnell was. Gleich wird auch mein Heizkörper geliefert und bitteschön, wärmen Sie sich auf."

„Aufwärmen? Der Strom ist doch noch abgestellt!", wandte Jutta ein. „Schon vergessen?"

„Dann machen Sie Gymnastik!" Mit einem kleinen Lächeln entschärfte Catrin das Gesagte.

Sie lief zuerst in die Külpstraße, an den schönen denkmalgeschützten Gebäuden entlang, bis sie vor einem ansprechend renovierten Haus stand. Ihre Gespenster waren mitgelaufen, und sie hörte sie reden. *Niemand ist da. Niemand.* Und dann verschwanden die Worte, obwohl sie wusste, dass es noch mehr zu sagen gab. Und sehr viel mehr zu tun. „Ich verspreche es, ich hab's doch versprochen", flüsterte sie.

Beim Weitergehen dachte sie an den Besuch der Vermieter. An Stübbe. Sie hatte ihn vor zwei Tagen mit seinem Kompagnon laut und rau wie Seemänner am Hafen bei den Fischkuttern gesehen. Viel Gelächter und Palaver. Stübbe besaß ein schönes großes Boot. „Glaubst du, ich helfe mit, dass die Mieterinnen aus ihren geliebten Wohnungen rausmüssen? Ich tu nur das, was keinem schadet."

In Gedanken versunken ging sie und kaufte Kuchen. Als sie zurückeilte, entdeckte sie einen äußerst dünnen, tief gebeugten und verkrümmten Mann, der sich an den Häusern entlanghangelte. Er zitterte heftig, besonders seine Beine und schon beim Zusehen fühlte sie, wie quälend jeder Schritt sein musste. Er hielt eine

Tasse in der Hand und bat um Almosen. Die Leute wichen aus, senkten die Blicke oder sahen woanders hin. Sie ging zu ihm. „Hallo, darf ich Ihnen etwas Geld geben?" Der Mann hob mit Mühe den Kopf, ein wohlgeformter Kopf, ein Gesicht voller Schmerz und Schönheit. Sanfte braune Augen. Und mit einer wohlklingender Stimme, die sie ihm nicht zugetraut hätte, sagte er: „Wenn es geht?" Sie öffnete ihre Geldbörse und schüttete alles Kleingeld in die Tasse, zog noch einen Zehner heraus und steckte ihn dazu. „Bitte!"

Er bedankte sich mit großer Würde, humpelte, schob und zitterte sich weiter, während Catrin ihm nachdenklich hinterherblickte.

***

Sie schob mit dem Fuß die Tür auf und rief: „Kuchen!" Der Duft von frisch gemahlenem Kaffee empfing sie und Jutta redete sich in Rage. „Bei der Unruhe und dem ganzen Dreck kann ich mich nicht konzentrieren. Ich werde mein Manuskript nicht rechtzeitig abliefern können. Wie ich das hasse! Nachher werden mir noch meine Projekte geknickt. Dann bin ich weg vom Fenster."

„Du nimmst dich zu wichtig", stellte Hildegard fest. „Jutta, niemand von uns hat eine fette Rente. Aber wir kommen doch hin. Du schreibst, also kriegst du dafür auch was. Schreib so, dass den Buchhändlern deine Bücher aus den Händen gerissen werden. Ist doch ganz einfach!" Herausfordernd blickte Hildegard in die Runde. „Wir sind auf uns allein gestellt. Unsere Männer modern auf den Friedhöfen oder liegen in den Armen einer anderen, gut, ich lag auch gern in den Armen eines anderen. Bei den Kindern will keine von uns wohnen. Wenn ich könnte, würde ich ja im Süden überwintern ..." Sie strich über ihre kleinen roten rissigen Hände.

„Überwintern?" Juttas Augen leuchteten auf. „Ja, wenn ich es könnte, würde ich in diesem zauberhaften Dorf Colonnella in den Abruzzen machen, und da das Kastanienfest mitfeiern. Und vom Hügel aus das Meer sehen."

„Sülz, sülz. Das Meer siehst du hier auch. Und abends kommt der Graf, trägt dich für den Abendkuss zu den Klippen hinunter, wird dir mit einem bezaubernden Lächeln deine Wertpapiere abluchsen und dich anschließend die Klippen hinunterrollen." Astrid schüttelte den Kopf.

„Jetzt kenne ich deine Fantasien ..."

„Und wenn wir alle wegfahren", begann Christel. „Und erst wiederkommen, wenn das Haus fertig ist?"

„Ja, und anschließend kommen wir nicht mehr ins Haus, und in unseren Wohnungen sind andere eingezogen ... Wir müssen was unternehmen", sagte Astrid. „Sollen wir zur Polizei?"

„Besser zu einem Anwalt." Hildegard riss wie zur Bestätigung des Gesagten die Augen weit auf.

„Vielleicht erst zum Mieterverein?", fragte Jutta, drehte sich zu Catrin und sagte: „Oh. Entschuldigen Sie. Aber das Thema lässt einen jede Höflichkeit vergessen."

„Bitte!" Ein dünnes Lächeln spielte in ihrem Gesicht wie ein auslaufendes Spätsommerwetter. Der Butterkuchen war schnell verteilt. Mit ihren Gedanken war sie wieder in der Külpstraße. Sie riss sich zusammen. „Eine Neuvermietung oder ein Verkauf bringen eben Geld. Sie müssen auch im Sinne der Eigentümer denken."

„Ist das Ihr Ernst oder Ironie?", fragte Jutta.

„Nehmen Sie sich davon, was Sie gerade möchten!" Catrin fröstelte. So viel Besuch über mehrere Stunden war ihr zu viel. Sie wollte wieder alleine sein. Die Anwesenheit der Frauen brachte sie ins Frieren. Sie konzentrierte sich und richtete ihre Energie auf eine Person und trotzdem war ihr unbehaglich dabei zumute. Sie hörte, eher nebenbei, Astrid sagen: „Meinetwegen ertränken wir die feinen Herren, aber ob es was nützt? Solche wie die tauchen immer wieder auf." Da begann Catrin zu lachen und konnte nicht aufhören.

Sie lachte, bis sie weinte. Und einen kleinen Augenblick war es ihr auch egal, Tränen waren schließlich nicht verboten. „Lassen Sie uns besser über etwas anderes reden", sagte sie, als sie sich wieder beruhigt hatte. Astrid und Hildegard wandten sich zum Gehen und Christel stand auf.

„Ja. Ist besser so. Sie sehen alle ein wenig erschöpft aus", stellte Catrin fest. „Wir haben unsere Pflicht getan, den Vermietern zugehört und jetzt sehen wir einfach weiter. Es ist eben so: Alles verändert sich. Auch bei Ihnen. So ist es nun einmal. – Außerdem habe ich noch einiges mit der Frau Pritzkoleit zu besprechen. Die wartet schon auf mich."

Schon im Gehen sagte Hildegard: „Stübbes Obertussi soll so eine schlaue Zicke sein. Stimmt das?"

„Sprechen Sie einfach mit ihr", sagte Catrin vieldeutig. „Manchmal schätzt man jemanden total falsch ein. Seien Sie nachsichtig. Sie sind ja auch nicht immer charmant, wenn ich das einmal so sagen darf."

„Dürfen Sie nicht", ranzte Hildegard.

„Schon fängt die Kabbelei an. Frau Steegdorn, lassen Sie uns friedlich miteinander umgehen. Es gibt genug Ärger."

„Will ich aber nicht", nörgelte sie. Dann war sie draußen, wo sie von niemandem erwartet wurde. Christel und Astrid waren schon in ihren Wohnungen verschwunden.

6

Catrin passte auf. Vielleicht ein wenig anders, als es von ihr erwartet wurde. Sie berichtete den Vermietern regelmäßig und nickte auch Gemeinheiten ab, die sie nicht ausführte. Aber sie wusste, der Zustand im Haus trieb die Mieterinnen zur Verzweiflung. Deshalb kamen sie ständig zu ihr. Das war einfach zu viel, Catrin brauchte das Alleinsein. Oft genug fühlte sie sich wie auf dünnem Eis, das bei einer falschen oder vorschnellen Bewegung unter ihr einbrechen könnte. Die Vergangenheit ließ sich nicht abschütteln, sie war lebendiger als je zuvor.

***

Rosa Pritzkoleit hakte die Liste ab, die ihr Stübbe gegeben hatte. Darin standen die Maßnahmen bezüglich der aktuellen Sanierung. *Ich würde ja anders vorgehen,* überlegte sie. Seit Stübbe sie während eines Meetings über effektive Werbemaßnahmen als unfähige Person, die er am liebsten entlassen würde, und damit aufs Unmöglichste degradiert hatte, hielt sie sich zurück, aber sie notierte Beobachtungen und zog alles auf einen Stick, den sie im Gehäuse einer Kamera bei sich zu Hause versteckte.

Stübbes Satz mit der Kündigung nahm sie nicht ernst. Dazu war sie zu lange in seiner Firma und es hatte mal so ausgesehen, als würde sie mit in die Firmenleitung eintreten, neben Karsten Heinrich. Als Betriebswirtin war sie nach ihrer Meinung dafür bestens ausgebildet.

Groß- und Außenhandelskauffrau hatte sie nach der Realschule in Lübeck gelernt. Als die IHK Weiterbildungen anbot, nutzte sie diese nebenberuflich. Aber eine Frau wollten weder Stübbe noch Heinrich, eine, die hartnäckig ihren Willen auf geschickte Weise durchsetzen konnte, die übers Geschäft viel wusste. Natürlich, sie hätte schon lange kündigen können. Aber sie hatte sich etwas in den Kopf gesetzt. Das würde sie durchziehen und deshalb war sie geblieben. Sie war so besessen von ihrer Idee, dass sie den Antrag eines Freundes abgelehnt und nun verpasst hatte, eine Familie zu gründen. Ihre Eltern waren ins Allgäu gezogen, weil ihre Mutter unverständlicherweise für die Berge schwärmte.

Rosa war ein etwas auffallender Typ, allein schon mit ihren dichten roten Haaren und dem hellen Teint, sie war fast eins achtzig groß und schlank. Ihre Bekannten wunderten sich immer wieder, dass man sie nie in einer Beziehung sah. Ihr Herz schlug schneller, wenn sie glutäugige, junge Männer mit langen lockigen Haaren sah. Aber so ein Anblick war in Stralsund eher selten. Sie konzentrierte sich auf ihr Können und ihr Ziel.

Ich geh jetzt und schau nach dem Rechten, macht ja sonst niemand.

Sie hatte wieder länger als vereinbart gearbeitet. Rosa packte ihre Sachen, klopfte an die Bürotüren, aber wie sie sich schon gedacht hatte, waren die Chefs nicht mehr da.

***

Am späten Abend saß Christel auf einem dicken Kissen vor ihrer Wohnungstür. Auch heute hatte sie Furcht vor dem Alleinsein in ihrer Wohnung. Ihr grauste vor der Vorstellung, bald nicht mehr zurechtzukommen. Im Filmrollen so etwas zu spielen, nun, das war etwas ganz anderes gewesen. Dass diese Gefühle sie, Christel Zucker, einmal real packen würden, daran hatte sie nie gedacht. Bisher hatte sie mit ihren gut achtzig Jahren das Leben recht ordentlich geschafft, aber was hieß schon *ordentlich* und was würde folgen? Viel mehr Stress hielt sie nicht aus. Und wenn sie ausziehen müsste? Sie konnte keinen Umzug mehr organisieren. Allein der Gedanke daran ... Sie wollte in diesem Haus wohnen bleiben und sterben können. *Trotzdem, ich muss mich umsehen.*

Inzwischen bekam sie selten Besuch. So viele Kolleginnen und Kollegen waren gestorben oder gebrechlich geworden. Daran hatte sie sich gewöhnt. Später hatte sie geglaubt, dass Jenny, ihre Enkelin ... *Ach. Sie ist erwachsen, was schert Jenny da ihre Großmutter. Meine Tochter hat ihre Familie, ihren Job, die kranke Schwiegermutter, also – sie hat auch keine Zeit. Niemand hat Zeit. Vielleicht noch die Liebenden füreinander. Aber sonst? Zeit wird als Urlaub verordnet, ansonsten hat sie sich davongemacht. Bliebe ein Suizid. Aber auch so etwas muss gekonnt sein. Tatterig, wie ich manchmal bin, würde das schiefgehen.*

Sie raffte sich auf. Hilflosigkeit zu zeigen war für Christel äußerst demütigend.

***

Zu dieser Stunde war ein Schatten auf dem Hof, ging auf den Kellerausgang zu, stieg die Treppen hinunter und öffnete die Tür. Die Person ging durch die Waschküche, prüfte, ob das Licht anging, machte es wieder aus und marschierte mit einer Taschenlampe an den abgeschlossenen Kellerräumen vorbei und blieb vor der Treppe, die nach oben führte, stehen. Aus einer

Tasche nahm die Person mehrere Gläser und drehte sie nach dem Öffnen um.

Nach wenigen Minuten suchte sie die Gläser wieder zusammen, übersah eins und steckte die anderen in einen Plastikbeutel, verließ das Haus und warf den Beutel in eine Mülltonne.

***

An nächsten Morgen mochte Christel nicht aufstehen, obwohl der Lärm von draußen sie schier verrückt machte. Währenddessen traf Revierpolizist Thielke am Apollonienmarkt die Kommissarin Jordan, die auch zum Neuen Markt wollte. Unterwegs sprachen sie mit der obdachlosen Ivana, die sich oftmals nicht zurechtfand. Thielke erklärte ihr den Weg zur Herberge für Obdachlose. Ivana nickte. „Jemand gesagt, ich soll gehen Heilgeiststraße, kaputtes Haus, in Keller ich soll schlafen."

„Wer hat das gesagt?"

„Frau. Ich jetzt dahin gehen."

„Bei uns gibt es keine Häuser, die Sie besetzen können. Gehen Sie zu der Adresse, die ich Ihnen genannt habe." Die Polizisten begleiteten Ivana ein Stück, damit sie sicher waren, dass sie auch dorthin ging. „Heilgeiststraße? Meint sie das Haus vom Stübbe, das gerade umgebaut wird?"

Kommissarin Jordan reagierte nicht darauf. Sie hatte Hunger. „Mir ist nach Pflaumenbraten. Ich hol mir eben mien Schweinenackenrollbraten. Aber dat duurt büschen länger, ne." Ihr blondes Haar wurde vom Wind in alle Richtungen geweht.

„Ja, Frau Kollegin, bloooß nix überstürzen." Aber bei dem Gedanken an Pflaumenbraten musste Thielke doch schlucken und bekam ein Glänzen in den Augen.

Er überlegte sogar, ob Frau Jordan ihn nicht dazu einladen könnte. Denn kochen konnte er nicht. Er blickte über die vielen Stände, beobachtete einen Halbwüchsigen, der sich mit einer Zange an einem Fahrrad zu schaffen machte. *Dat sieht nicht gut aus*, stellte er fest. *Aber ich warte erst auf die säute Diern. Dabei kann ich ja weiterbeobachten.*

Langsam drehte sich Thielke um und sah Catrin mit einem Korb in der Hand, aus dem allerlei Grünzeug hervorguckte. Sie kam auf ihn zu. Die beiden hatten sich kurz bei ihrem Einzug kennengelernt, weil Thielke an jenem Tag in der Heilgeiststraße Streife gegangen war.

„Sie wissen ja, wo ich wohne?"

Er nickte. Der Gedanke an den Braten verflüchtigte sich. „Jemand eingebrochen?"

„Na ja, ich weiß nicht. Jedenfalls war in der letzten Nacht jemand bei uns im Haus. Ja, die Mieterinnen schliefen schon alle, es war ruhig, deshalb habe ich auch Geräusche gehört. Ich runter in den Keller – und die Tür nach draußen war nicht verschlossen. Und ich weiß, dass sie vorher nicht offen stand. Vielleicht sehen Sie auf Ihrer Runde einmal nach? Die Mieterinnen sind wegen der Sanierungsarbeiten mit den Nerven am Ende. Sind doch alte Damen. Da muss jetzt nicht noch irgendeine Person bei uns herumschleichen."

„Dat mach ich."

Kommissarin Jordan rief: „Soll ich Aal mitbringen?"

„Ja." Das war besser als gar nichts. Gemächlich wandte er sich wieder der Hausmeisterin zu und konnte sein Platt nicht unterdrücken. „Joou, dat sind diese Investoren, lassen bauen und Geräte rumstehen – na, die können andere auch gebrauchen. Die alte Fassade ist ja schon ziemlich runtergeklopft. Wie soll das denn mal aussehen, wenn's fertig ist?"

„Keine Ahnung. Ist das Ihre neue Freundin? Geht die mit Ihnen jetzt auf Streife?"

„Freundin? Nee. Schön wär's ja. Das ist Frau Jordan und noch ziemlich frisch vonne Polizeischule, aber schon seit Kurzem Kommissarin. Macht Karriere im Gewalt- und Morddezernat. Obwohl hier bei uns nicht gemordet wird. Eher verschwinden die Leute.“ Er blickte Catrin an und nuschelte weiter: „Dat Diern besitzt eine gute Kombination aus Verstand und Gefühl. Ist 'n büssken 'ne Alleingängerin.“

Catrin nickte.

„Was macht der denn da?“ Schon eilte Thielke zum anderen Ende des Platzes, und winkte Jutta jovial zu, die er an einem Stand entdeckte.

Sie hatte einen ausgiebigen Marktbummel hinter sich, wollte ins Haus und stutzte. „Was ist das denn? Wieso zerschlagene Stufen? Statt Treppe ein Brett?“

„Wurde angeordnet!“, rief ein Arbeiter. Er stand über ihr auf dem Gerüst und beugte sich vor. „Dies Brett funktioniert ganz gut als Rampe. Steil geht's ja weder rauf noch runter.“

„Und wenn's regnet und rutschig wird?“

„Sorgen Sie sich nicht!“

„Wann und wie ich mich sorge, überlassen Sie mir.“

Der Arbeiter verschwand hinter dem Netz, das über dem Gerüst gespannt war. „Ich führe aus, was mir aufgetragen wurde.“

„Wann gibt es eine neue Treppe?“ Skeptisch blickte sie auf das Brett. „Könnten Sie nicht zwei Querleisten drauf nageln? Das wäre sicherer. Die anderen Bewohnerinnen sind schon älter ...“

Sie ging ins Haus und traf Hildegard, die einen Brief in der Hand hielt. „Post vom Vermieter. Die wollen am Freitag um zwölf eine Wohnungszustandsbesichtigung machen.“

„Dürfen die das?“

„Nach vorheriger Anmeldung, ja.“

Die Ankündigung löste Zorn in Jutta aus, den sie nur mit einer Putzaktion vertreiben konnte. In ihrer Wohnung griff sie nach Reinigungsmitteln, Eimer und Lappen, machte die Ecke hinter dem Herd sauber, wischte Schränke aus, und krempelte die Ärmel hoch, stand vor einem Fenster und entschied: Putzen lohnt nun wirklich nicht.

Sie dachte an den gestrigen Abend, sie hatte noch mit Hildegard und Astrid über mögliche Aktionen gegen die Vermieter gesprochen, waren zu keinem Ergebnis gekommen und hatten das Gespräch auf den heutigen Abend vertagt. Als erstes wollten sie ihre Herde wieder angeschlossen haben. Außerdem hatten die drei sich vorgenommen, mehr auf Christel zu achten. Jutta stellte die Putzsachen in die Küche, packte ihr Notebook in eine hellgrüne Tasche und dachte daran, in einem Café zu schreiben. Während sie durchs Fenster blickte, sah sie einen schwarzen Wagen mit getönten Scheiben und der Aufschrift: *Bestattungen Radke* vorfahren.

***

Catrin hörte den Anrufbeantworter ab und war erstaunt, dass Stübbe eine Einladung zum Essen auf seinem Boot hinterlassen hatte. *Dann können wir einiges in angenehmer Umgebung besprechen. Was wollte er wirklich? Wusste er, wer sie war?* Beim letzten Gespräch hatten beide Chefs sie gedrängt, doch einiges mehr im Hause zu tun. Dieses ‚mehr' gefiel ihr nicht. Aber sie hatte dennoch die Forderungen abgenickt, nicht, dass sie vorzeitig entlassen wurde. Möglich war alles. *Und jetzt diese Einladung? War das eine Entschuldigung? Seltsam.* Sie legte ihre Hände auf den warmen Heizkörper, den sie mitten in den Raum geschoben hatte und war erleichtert, dass es momentan Strom gab und dass sie allein war. Gestern war ein Kommen und Gehen gewesen und dazu dieser eigenartige ‚Besuch' am späten Abend. Einbruch? Sie hatte nachgesehen. Es schien nichts zu fehlen. Vielleicht ein Handwerker, der etwas vergessen hatte?

Sie brauchte Musik und suchte eine ganz bestimmte Schallplatte. Sie hatte einige aus dem Nachlass ihrer Mutter gerettet. Ebenso den Plattenspieler, der auch noch funktionierte. *So long Marianne* von Leonard Cohen trieb sie ein jedes Mal, wenn sie den Song hörte, in eine Abschiedsstimmung. Sie hörte *Suzanne*, dieses Lied hatte ihre Mutter oft gehört. *Ob mein Vater den Poeten auch gemocht hat?*, überlegte sie. *Mein Vater.* Ein seltsam fremdes Wort für sie. Wenn sie sich fragte, wer er war, breitete sich Melancholie in ihr aus. *Unsinn, ich habe keinen Vater.*
Sie schluckte Trauer herunter und genoss alten Zorn. Den kannte sie, damit konnte sie umgehen. Sie wusste, sie hätte Hilfe gebraucht, damit sie nicht wieder in die Dunkelheit abrutschte. Nein. Das hatte sie hinter sich. „Ich schaffe alles und alles allein."

Später, viel später holte sie aus einer Schublade mehrere Fotos hervor. Sie sah sich Briefumschläge an, und manche waren noch zugeklebt. *Später, ich ordne das Ganze später!* Wieder blickte sie auf die Aufnahmen. Ihre Finger strichen darüber.

***

Der nächste Tag war windig und unangenehm kühl. Handwerker mit Eimern in den Händen standen vor

Hildegard. „Frau Steegdorn? Wir wollen das Loch da am Herdanschluss zumachen."

„Sagt wer?"

„Lassen Sie uns schnell rein, der Mörtel wird hart."

„Das muss ein Irrtum sein. Ich brauche doch den Anschluss für meinen Herd. Ergo muss der offen bleiben. Es sollen doch in dieser Woche neue Leitungen und Rohre gelegt werden. Jetzt muss ich aber dringend weg. Der Mörtel ist mir im Moment egal."

„Gut. Wir setzen den Ausfall auf die Rechnung. Auf Ihre." Aber das hörte Hildegard schon nicht mehr. Sie hatte die Tür zugezogen und war eilig weggegangen und blieb erst stehen, als sie die zerstörten Stufen und das Brett entdeckte. Kopfschüttelnd ging sie darüber und sah, dass der Mercedes mit der Aufschrift *Bestattungen Radke* einparkte. Ein junger Mann stieg aus, entdeckte sie und begrüßte Hildegard herzlich. „Hab alles dabei!" Er grinste breit, ging um den Wagen, öffnete die hintere Tür und zog vier lange zusammengefaltete Kartons heraus.

„Martin – lass sie besser noch im Kofferraum, bis alle Handwerker weg sind. Einen Karton nehmen wir zur Ansicht mit nach oben. – Hallo, Herr Thielke", grüßte sie den Polizisten.

„Ich sehe mich mal eben um, Frau Sommerblom hat einen unliebsamen Besuch gemeldet."

Hildegard nickte etwas verblüfft, wandte sich dann wieder Martin zu, der das Paket in ihre Wohnung brachte.

***

Niemand hatte gesehen, dass Christel das Haus verlassen hatte. Nachmittags schlenderte sie durch die Stralsunder Bahnhofshalle, ging zu dem Bahnsteig mit der Ladenpassage und kaufte sich eine Bockwurst mit viel Senf. Die gehörte immer zu diesen Ausflügen, die sie sich ab und zu gönnte. Sie setzte sich auf eine Bank, beobachtete das Drängen der Menschen, ihr Ein- und ihr Aussteigen und wäre gern um viele Jahre jünger gewesen. Sie hörte die Lautsprecherdurchsagen und stellte sich vor, in den ICE 28 zu steigen und bis ans Ende der Strecke, nach Innsbruck zu fahren. Dort war sie nie gewesen.

Sie besah sich Gepäckstücke, die geschoben, getragen und gerollt wurden. Christel roch Fernweh, und als ein Zug einfuhr, sprang sie auf, um einzusteigen. Schon stand sie im Waggon 1. Klasse, wollte so dem Ärger im Haus entfliehen, irgendwohin fahren, wo sie gemütlich im Warmen sitzen konnte. Das letzte Stück Bockwurst steckte sie in ihre Tasche, entdeckte einen bequem aussehenden Platz, setzte sich und guckte durch die Scheibe. Der Zug begann den Bahnhof zu verlassen, sie verlor sich in Erinnerungen an frühere Reisen und blickte erstaunt auf, als nach einiger Zeit der Zug in den Bergen hielt. Sie wusste nicht genau, was sie tun sollte, und folgte den anderen, die ausstiegen. Verloren stand sie da. Hinter ihr befanden sich Lagerschuppen, dann aber entdeckte sie das Bahnhofsgebäude und war erleichtert, wie gepflegt es wirkte. Sie hatte ziemlich negative Vorstellungen gehabt. Sie ging auf den Bahnhofsvorplatz und erst hier kam ihr zu Bewusstsein, dass sie ohne Fahrkarte war. *Was mache ich jetzt?* Sie fühlte Müdigkeit, blickte in den Himmel, hörte das Meckern der Möwen und sang leise ein längst vergessenes Lied von der Ostsee. „Nach dem Sturme fahren wir sicher durch die Wellen ...“

„Das kennen Sie?“, fragte ein alter Mann mit Hut und Rucksack, der die Tafel mit den Abfahrtszeiten studierte. „Gibt's denn so etwas?“

„Auch das hier." Christel räusperte sich. „Wo dei Ost-
seewellen trecken an den Strand ..." Sie brach ab, und
lächelte versonnen.

Der Fremde summte die Melodie und lächelte mit tausend Lachfältchen zurück.

Ich kann doch hier nicht mit einem Fremden singen!
Schnell fragte sie: „Können Sie bitte da herauslesen,
wenn ein Zug nach Stralsund fährt? Ich hab doch
meine Brille nicht dabei."

***

Astrid packte Zeitungen und Reklameblätter zusammen. Als sie Christel reinkommen sah, nickte sie und
brummelte: „Ist doch alles Müll. Keiner macht den
Kram weg. Außerdem", hier wurde ihre Stimme lauter,
„werde ich kürzen."

„Was?", fragte Catrin, die an ihrer Tür lehnte.

„Mietminderung", erklärte Astrid.

„Ich habe schon gekürzt." Jutta war dazugekommen.
„Um fünfundzwanzig Prozent. Außerdem habe ich
mich bei einem Anwalt beraten lassen."

„Am besten wäre es, wenn Sie Ihre Wohnung kaufen
würden", riet Catrin. „Ihnen geht's doch gut."

Astrid staunte. „Das hat nichts damit zu tun, dass Vermieter machen können, was sie wollen."

Aber sie tun es. Das wusste Catrin.

Christel sagte nichts dazu. Wenn auch recht müde,
war sie doch stolz auf diesen Nachmittag und besonders darauf, dass sie in ihrem Alter schwarzgefahren
war und niemand sie kontrolliert hatte, dass sie einfach in den Zug gestiegen war und den Ärger hinter
sich gelassen hatte. Am liebsten hätte sie getanzt, wenn
nur ihre Füße nicht so wehtun würden.

7

„Wenn ich gewusst hätte, dass es bei dir warm ist, wäre ich schon früher gekommen." Christel verschwieg, dass sie es gar nicht gekonnt hätte. Sie schloss für einen Moment die Augen und dachte an ihren Ausflug, den sie mehr und mehr großartig fand.

„Ja. Die Heizung tut's wieder. Wenigstens heute Abend", sagte Hildegard. „Wunderbar."

„Hast du dich noch mal beschwert?", fragte Jutta. „Denn bei mir bleibt sie kalt. Ist ja komisch." Sie überlegte, ob sie im Keller an der Heizungsanlage drehen könnte.

„Seht doch mal alle her, was ich hier habe!" Hildegard zeigte auf den langen Karton, der auf ihrem Teppich lag. „Meine Lieben, ich präsentiere euch einen Sarg. Aus Pappe."

„Aha", stellte Jutta fest. „Übst du für eine preiswerte Beerdigung?"

Hildegard kicherte. „Wir hatten doch überlegt, öffentlich gegen diese Vermieter anzugehen. Also habe ich meinen Neffen Martin angerufen. Das ist der mit dem Bestattungsunternehmen. Habe ich von erzählt."

Jutta hatte kalte Füße. Die Wohnung war noch ausgekühlt. Sie lachte leise mit und stellte sich vor den Sarg. „Was soll das denn werden?"

„Martin leiht uns vier Särge und würde sie für uns vor dem Büro von Stübbe und Heinrich abstellen und wir falten sie schnell auseinander. Geht ganz einfach."

„Und dann?" Christel wirkte lustlos. „Dann spielen wir Tod, Sarg und Teufel?"

„Erklär es", wandte Astrid ein. „Ich ahne Schlimmes."

„Demo! Eine Demo!" Hildegard strahlte. „Wir werden richtig Spaß dabei haben. Verdammt egal, wie alt wir sind. Denen werd ich's zeigen. Lach mich jetzt schon weg. Wir legen uns in die Pappsärge – und protestieren so gegen die Sanierung." Vor Begeisterung hüpfte sie hoch.

„Meinst du das im Ernst?", fragte Jutta. „Wir können uns doch im Rathaus beschweren."

„Eine Demo und Särge machen aber mehr her. Natürlich benachrichtigen wir vorher die Presse." Hildegard bekam vor Begeisterung Flecken im Gesicht. „Was die Vermieter vorhaben, ist eine kalte Entmietung. Das habt ihr ja inzwischen verstanden. Wir sind uns einig, dass wir wohnen bleiben wollen. Ich habe mich erkundigt – in unserem Alter vermietet dir kein Privater mehr eine Wohnung. Ich hab's versucht, rein prophylaktisch. Es gäbe zu viel Ärger, sagte einer. Eine Hausbesitzerin, die eine Zwei-Zimmer-Wohnung zu vermieten hatte, meinte, ich solle mir einmal vorstellen, wie das wäre, wenn ich hilfsbedürftig würde. Pflege benötigte. Oder plötzlich sterben würde. Dann hätte sie den ganzen Brassel am Hals. ‚Warum gehen Sie nicht in ein Pflegeheim? Oder in ein Haus mit betreutem Wohnen?' Nein, das lasse ich nicht mit mir machen!"

Jutta stand auf. „Ob nur bei älteren Frauen so reagiert wird? Könnten Männer die gleichen Probleme bekommen? Vermieterinnen dieser Art sollte man ertränken. Wasser haben wir genug."

„So sind doch nicht alle." Astrid fand das überzogen.

„Ich bin für die Sarg-Demo. Das bringt Aufmerksamkeit. Und auf diese Idee hin gibt's auch was zum Naschen." Hildegard reichte Lebkuchen herum und schob mit dem Fuß Bügeleisen und Wäschekorb beiseite. Anschließend hielt sie zwei Flaschen Wein hoch. „Trinken wir auf gutes Gelingen!"

Der Riesling versetzte die Frauen in einen sehr entspannten Gefühlszustand. Nur Christel zeigte nicht allzu viel Verständnis für die Särge. „Nachher sterbe ich in dem Pappding. Ich finde das furchtbar. Entwürdigend. Für mich ist das, als wenn du den Tod bitten würdest, ganz schnell zu kommen.“

„Der ist doch immer in der Nähe.“ Hildegard lächelte.

„Bei Stübbe und Heinrich ist er aber nicht. Die sind putzmunter“, stellte Christel fest.

„Ob die Leute unser Anliegen überhaupt verstehen? Ist es denen nicht egal, ob wir rausgemobbt werden?“ Jutta war skeptisch.

Hildegard goss Wein nach. „Die Touristen würden aufmerksam. Das wäre ein zusätzlicher Bonus. Auf jeden Fall würde man über solch eine Aktion sprechen. Nun seid doch nicht gleich so krittelig.“

„Touristen kommen im Sommer und nicht Ende November. Kannst du also vergessen.“ Jutta bekam einen Schluckauf. „Wir brauchen Flugblätter und Transparente. ‚Ausverkauf vor der Heilgeiststraße‘ und auf einem anderen könnte stehen: ‚Brutale Entmietung‘!

„Wenn wir die Särge vor dem Bürogebäude aufbauen, rufen die nur die Polizei.“ Christel blinzelte. Wenn sie müde wurde, sah sie schlecht. „Ich will nicht abgeführt werden. Ich mach mich nicht lächerlich. Ich will auch nicht weg von hier. Aber dennoch – ich habe mich im Heilgeistkloster erkundigt, aber alle Wohnungen im Kirchgang sind belegt. Ich möchte doch wenigstens ganz in der Nähe dieser alten Anlage bleiben. Alt zu alt, obwohl rund ums Kloster ja alles renoviert wurde. Ich nicht. Ich verfalle. Aber“, sinnierte sie, „in den Kirchgang würde ich sofort ziehen – sobald etwas frei wird, mache ich das. Ich habe mich vorsichtshalber auf eine Warteliste setzen lassen. Jeden Tag sehe ich mir diese Bäume an der Klostermauer an. Die sehen aus, als wollten sie hineinwachsen und die Bewohner schützen. Ich habe zwar gesagt, ich will so lange hier wohnen bleiben, bis ich sterbe … Ich sterbe doch bald."

„Aber noch ist nichts frei. Und solange willst du ja bei uns bleiben. Christel, mach doch mit!", bat Astrid. „Das Ganze wird nicht albern und unwürdig ablaufen, ich versprech's dir."

„Müssen wir das denn anmelden?", fragte Jutta.

„Bei Thielke etwa? Das ist zwar ein Netter, aber wenn der das mit den Särgen hört, ich weiß ja nicht", wandte Hildegard ein. „Im Übrigen werden wir am Freitag wissen, was die Vermieter unter einer ‚Wohnungsbegehung' verstehen. Danach besprechen wir unser weiteres Vorgehen. Sollen wir die Hausmeisterin einweihen?"

„Besser nicht", sagte Jutta. „Sie könnte Probleme mit ihren Chefs kriegen."

***

Sie kamen am Freitag schon um halb zwölf. Stübbe, Heinrich und andere.

Jutta hatte ihre Tür offen stehen und hörte es klingeln. *Jetzt gehen die Schellen ja wieder!* Sie sah, wie die Vermieter samt einem Tross weiterer Besucher bei Astrid eintraten. Danach gingen sie zu Christel. Jutta hörte Stübbe sagen: „Guten Tag, Frau Zucker, jetzt möchten wir zu Ihnen und sehen, in welchem Zustand sich Ihre Räume befinden. Diese Interessenten kommen aus Greifswald, aus Hamburg und Berlin. Sie interessieren sich auch für Ihre Wohnung. Ist doch schön? Meine Damen und Herren", er erhob die Stimme, „verschaffen Sie sich einen ersten Eindruck. Nach der Sanierung haben wir Ihnen ein besonders feines Schmuckstück anzubieten."

Kurz darauf hörte Jutta die Stimme von Heinrich, die durch das Treppenhaus schallte. „Was für ein Dreck, völlig versifft. Sie haben nicht mal einen Herd? Nur offene Anschlüsse? Frau Zucker! Hab's doch immer gesagt, alte Leute sind einfach nicht mehr in der Lage, ihre Wohnungen zu pflegen. Meine Damen, meine Herren, Sie müssen das leider berücksichtigen – aber, schauen Sie diesen großartigen Zuschnitt, Exzellente Lage. Gibt's so schnell nicht wieder. Kein Großstadtlärm, keine Graffitis und dementsprechendes Volk, wenn Sie wissen, was ich meine. Beste Geldanlage!"

Blöder Sack, hätte Jutta am liebsten laut gesagt.

„Was wollen Sie in meiner Wohnung?", rief Christel. „Meinen Herd haben Ihre Arbeiter entsorgt, dass wissen Sie genau. Wollen Sie jetzt Möbel mitnehmen?"

„Frau Zucker!" Heinrichs Lippen bogen sich zu einem begütigend wirkenden Lächeln. „Sind wir heute etwas durcheinander? Sie ziehen ja bald aus, dann wird alles für Sie besser und einfacher, nicht wahr?"

Das mit anzuhören, fand Jutta unerträglich. Sie griff nach ihrer Jacke und eilte aus dem Haus.

Auf dem Markt leuchteten gelbe, grüne und gestreifte Kürbisse. Jutta nahm einen in die Hand. „Wie heißt die Sorte?"

„Bischofsmütze."

„Der sieht aber nach einem Zierkürbis aus."

„Keine Sorge. Gniedeln Sie de Haube ab, maken Sie de Samen weg dann können Sie ihn füllen – wat Se so haben."

Jutta kam mit einem Kürbis und Seelachsfilet zurück. Der Einkauf war ein Automatismus gewesen und sie hatte nicht daran gedacht, dass Kochen bei ihr nicht möglich war.

Vor ihrer Tür stauten sich murrende Besucher. „Da sind Sie ja endlich", wurde sie von Stübbe empfangen.

„Sie wissen doch, dass wir heute die Wohnungszustandsbesichtigung vornehmen. Die Herrschaften möchten besichtigen. Sie möchten Ihre Zweitwohnungen am Strelasund.“

„Da muss ein Irrtum vorliegen. Ich ziehe nicht aus.“ Alle, die hier schoben und drängelten, die Vermieter, die Interessenten, machten sie nervös. Jutta fuhr ihre Stacheln zur Verteidigung aus.

„Frau Tausendschön, auch in Ihren Räumen muss noch einiges getan werden. Wanddurchbruch, et cetera, et cetera. Vielleicht sehen Sie sich rechtzeitig nach etwas anderem um? Wir helfen Ihnen gern bei der Suche nach einer neuen Wohnung. Es herrscht ja nun nicht gerade ein Wohnungsmangel in der Stadt.“

„Wir haben gültige Mietverträge von der Vorbesitzerin – darin ist auch die Miete für weitere fünf Jahre festgeschrieben. Sie selbst haben die Papiere so übernommen.“

„Habe ich gesagt, dass die keine Gültigkeit haben? Kommen Sie ins Büro, lassen Sie sich einen Termin geben, dann erläutere ich Ihnen alle Punkte – dennoch – wir möchten schon, dass Sie ausziehen. Sie sehen ja, wir haben einiges vor. Und nun schauen wir mal ... Ich darf vorgehen? Meine Damen und Herren, wir befinden uns in der größten Wohnung dieses Objekts, ja, Parkett, sehr schön, altes Parkett, sehen Sie, hier, das Gäste-WC, daneben das Bad, schön getrennt. Der damalige Architekt war nicht der Schlechteste.“ Stübbe öffnete die Türen so selbstverständlich, so besitzergreifend und gleichzeitig so höflich im Hinblick auf die nachschiebenden Interessenten, das Jutta vor Wut glühte.

„Gehen wir weiter, hier links, wollen wir doch einmal schauen, was sich dahinter verbirgt.“

„Die Tür bleibt zu“, konterte Jutta.

„Aber, aber!“ Heinrich guckte in jeden Winkel.

Hinter der Tür befand sich Juttas Schlafzimmer und auf dem Boden lagen Bett- und Unterwäsche. Stand ein Bügelbrett und Pflanzen und Juttas Bett, das nicht gemacht war.

„Kalt ist es", stellte eine Frau fest.

„Wie recht Sie haben", griff Stübbe die Bemerkung auf, „wir mussten heute einmal wieder die Heizung abstellen." Er wandte sich an Jutta: „Es wäre besser, wenn Sie alle Fenster geschlossen halten und auch die Vorhänge vorziehen. Es soll Frost geben."

In der Küche zischte Heinrich: „Wie sieht das denn hier aus?"

„Ja, wie denn?", ging Jutta dazwischen. „Sie haben doch veranlasst, die Herde abzumontieren. Begucken Sie sich den Dreck, hören Sie den Krach – so geht es Tag für Tag." „Vernachlässigung der Wohnung ist ein triftiger Kündigungsgrund, Frau Tausendschön!" Er strich mit dem Zeigefinger über Tisch und Schränke, besah sich den Staub und schüttelte missbilligend den Kopf. „Und jetzt noch zu Frau Wanner!"

Astrid wollte ihre Tür wieder zuschlagen. „Scheiße!", murrte sie. Auf keinen Fall wollte sie die Gruppe reinlassen. Sie wusste jetzt schon, dass die Leute kein Verständnis für ihre Sammelwut hatten. *Was kann ich denn dafür, dass ich nicht mehr Platz habe?* Weiter kam sie nicht, schon wurde ihre Tür weiter aufgedrückt und mit einem Begrüßungsnicken schoben sich Vermieter und Interessenten hinterher. Überall lagen Dinge, die einmal von Nutzen gewesen waren. Im Wohnzimmer stapelte sich ein Stuhl mit zwei Beinen auf einem hässlichen braunen Bücherregal, und ein Engel, der seinen Kopf verloren hatte. Die Besucher mussten Zeitungsberge und Büchertürme umrunden, um zum Fenster zu kommen, damit Stübbe die Aussicht anpreisen konnte. Dass Astrid in ihrer Wohnung rauchte, sah man an dem angewiderten Nasenblähen aller. Der

Geruch hatte sich in den Wänden, Gardinen und Möbeln festgesetzt. „Woanders rauche ich nicht", erklärte sie. „Das sind meine Räume und darin darf ich das."

„Ekelig!", stellte einer fest.

„Was wollen Sie?", fragte Astrid so unfreundlich wie möglich und unterdrückte ein aufsteigendes Kichern. Alle Blicke richteten sich auf sie.

„Ich habe Sie nicht hergebeten."

„Hören Sie auf", sagte Stübbe. „Gute Frau Wanner, so geht das doch nicht."

„Warum nicht? Ich wundere mich nur. Sie haben zwar die Besichtigung über Frau Sommerblom ankündigen lassen, aber keinen Rattenschwanz an Leuten, die ich hier nicht haben möchte."

Im Wohnzimmer kehrte Stille ein. Dann sagte Stübbe: „Schauen Sie sich den Zuschnitt dieser Wohnung an."

Die Tür ließ sich schwer aufschieben. Als Stübbe dahinterguckte, sah er nur weitere Bücherstapel.

***

Draußen lärmte und schepperte es. Im Hof wurden Dixi-Klos aufgestellt und eins war während der Montage umgekippt.

Christel stand vor ihrer Tür und murmelte: „Der Schlüssel passt nicht mehr." Sie dachte an eine andere Tür, die sie vor vielen Jahren geöffnet hatte – als sie in ihre erste Wohnung in Berlin einziehen konnte. Eine glückliche Erinnerung huschte über ihr Gesicht.

8

Unter der Dusche spülte Catrin ausgiebig den Besuch der Vermieter ab. In ihrer Wohnung funktionierte das Warm- und Kaltwasser, die Leitungen im Bad und der Küche waren an separat gelegte Leitungen angeschlossen worden. Während sie sich abtrocknete, ertönte ihr Handy. „Vorzimmer Stübbe und Heinrich. Pritzkoleit. Ich möchte Sie im Auftrag der Vermieter informieren, dass Sie bitte vorrübergehend den Mieterinnen eine Möglichkeit zum Duschen geben. Also, bei Ihnen."

„Habe ich ein öffentliches Warmbad?"

„Den Zustand müssen Sie noch für einige Zeit so hinnehmen." Rosa kicherte arrogant.

„Gehört wohl zu meinen Tätigkeiten?", fragte Catrin misstrauisch. „Aber sagen Sie den beiden Herren, dass sie so schnell wie möglich die Toiletten wieder anschließen lassen müssen. So kann es nicht weitergehen."

„Sie passen auf, nicht wahr und ich werde die Sache vortragen. Und was ist mit dem Einbruch, den Sie bei Herrn Thielke gemeldet haben, Frau Sommerblom?"

„Es scheint keiner gewesen zu sein, wie er mir sagte."

„Sehen Sie, hab ich mir doch gleich gedacht. Konzentrieren Sie sich auf Ihre Aufgaben, aber fangen Sie nicht an, zu fantasieren."

„Frau Pritzkoleit!" Catrin war empört.

„Nehmen Sie es nicht persönlich. Aber so könnten Sie Ärger bekommen. Ich möchte Sie doch nur warnen. Es ist möglich, dass Herr Heinrich im Keller war. Er sieht immer mal wieder nach, ob alles in den Häusern in Ordnung ist."

„Am späten Abend? Das kann ich mir nicht vorstellen. Oder waren Sie es?" Catrin war immer noch empört und wollte der Sekretärin, die sich für ihren Geschmack ziemlich aufblies, eins auswischen. Sie dachte schon, dass die Frau am anderen Ende aufgelegt hätte. Aber nein, die Verbindung stand noch.

„Wenn ich bei Ihnen im Haus zu tun habe, nehme ich meinen Schlüssel und betrete es auf normalem Weg. Ich brauche nicht durch den Keller zu gehen. – Gibt es sonst noch etwas, was ich weitergeben soll?"

„Noch eine Frage: Sind Sie auch auf Herrn Stübbes Yacht eingeladen? Ich wollt's nur wissen, ob es eine größere Runde wird."

„Ich erkundige mich, Frau Sommerblom. Jetzt habe ich zu tun, auf Wiederhören."

Das war zwar keine Antwort auf meine Frage, überlegte Catrin, *aber, vielleicht doch. Ich werde zusagen. Ich glaube, der richtige Zeitpunkt ist gekommen.* „Endlich. Es ist wichtig." Schon machte sie sich Gedanken über den Ablauf des Abends. „Der kocht doch nicht selbst", überlegte sie. „Ob ich …"

Catrin hatte immer noch nicht gefrühstückt. Da der Novembertag mild war und die Sonne schien, stellte sie ihre Frühstücksutensilien auf ein Tablett, trug es in den Hof und stellte es auf einem Gartentisch ab. Den Dixi-Klos drehte sie den Rücken zu.

Obwohl sie lange geduscht, lange die Zähne geputzt hatte, war ihr, als würde in ihrem Mund ein filziger Hass wachsen, der sich weder abwaschen noch ausspülen ließ. „So geht das nicht!" schimpfte sie mit sich selbst und trank ihren Kaffee.

Wie aus dem Nichts stand ein Arbeiter vor ihr. „Uns wurde Verpflegung zugesagt. Nichts ist. Sind Sie dafür zuständig?" Sein Blick wanderte über ihre schmale Gestalt.

„Nicht zuständig."

Blitzschnell griff er sich ein Brötchen, mehrere Scheiben Salami und ging zurück.

„Hey, was soll das?", rief sie ihm hinterher, aber der Mann kletterte schon auf das Gerüst. Catrin belegte sich ein Brötchen, schaute sich um, damit ihr dies nicht vom nächsten weggegessen wurde.

Die Sonne wärmte in dieser windstillen Ecke, sie döste und dabei stiegen Bilder auf, Bilder, die sie nicht sehen wollte. Sie gaben ihr das Gefühl, dass die Sonne am Verschwinden war, gelber Nebel über sie kroch, und das in der Ferne eine Stimme nach ihr rief. Hinter dem Dunst sah sie eine Tür.

Sie fürchtete sich sehr, sie zu öffnen. Schon breitete der Nebel sich grau und schwarz werdend wie ein Riesentuch aus und grinste mit offenem Maul.

Eine Möwe stürzte sich mit kalten Blicken auf ein Stück Brötchen und flog damit fort. Catrin nahm das Tablett mit den Resten und ging durch den Hof zum Hauseingang. Hätte sie nicht nach unten geguckt, wäre sie böse gestürzt. Das Brett über den Treppen war weg. Vorsichtig stellte sie das Tablett auf die Erde und sah sich um. Das Brett lag in einer Ecke. Sie holte es und legte es wieder so hin, dass jeder drübergehen konnte. *Ich rufe die Pritzkoleit an, die kann die Beschwerde weitergeben, so geht das nun auch nicht!*

***

Jutta stand in der Küche, ihre Markteinkäufe in der Hand. Das blasse Sonnenlicht ließ den Raum golden schimmern und machte aus seiner Banalität etwas Geheimnisvolles. Aber dann sah sie den Lichtschweif aus

Mörtelstaub und dunklen Schmutzpartikeln, und alles war wie vorher – dreckig.

Sie packte aus und sah, dass der Marktverkäufer vom Fischstand Krabben zum Fisch gelegt hatte. Er konnte ja nicht ahnen, dass sie sich vor den Würmchen ekelte. Sofort kippte sie die Krabben ins Spülbecken, drehte den Wasserhahn auf, um sich die Hände zu säubern. Durch den kräftigen Strahl verschwanden die Krabben im Ausguss.

Sie hörte die laut kreischende Astrid. „Igitt, Würmer, wie ekelig, was ist das denn, hier stinkt's nach Fisch, Jutta, dreh bloß deinen Wasserhahn zu und schütte nichts mehr in den Ausguss! Sieh dir die Schweinerei mal an!"

Sie raste runter, sah die letzten Krabben aus einem abgesägten Rohr flutschen; woher sollte sie wissen, dass die Verbindungen unterbrochen waren. Ein bisschen fand sie die krude Situation auch komisch und bemühte sich, ein Grinsen zu unterdrücken. Jutta rief nach der Hausmeisterin. Während Catrin den firmeneigenen Installateur anrief, war nur der Anrufbeantworter dran und erklärte, dass Wochenende sei. Da tippte sie Pritzkoleits Nummer ein und berichtete ihr von der Bescherung.

Jutta half beim Aufwischen und die Frauen stopften Papier und Lappen vor das abgesägte Rohr.

„Lassen Sie kein Wasser laufen", sagte Catrin. „Weder in der Küche noch im Bad, benutzen Sie auch nicht die Toilettenspülung. Sonst kommt alles, aber auch alles in Frau Steegdorns Wohnung an. Sie müssen vorübergehend das Dixi-Klo benutzen. Es wird bei den anderen auch zu Einschränkungen kommen. Frau Pritzkoleit bemüht sich, die Vermieter zu erreichen. Hat sie mir zugesichert."

„Einschränkungen? Einschränkungen nennen sie das? Warum haben Sie uns nicht gesagt, was hier noch alles passiert?", fragte Jutta.

„Wir klagen. Ich bin diesen Scheißdreck leid." Jutta fauchte regelrecht.

„Bis so etwas durch ist, lassen Sie es lieber. Bringt nichts", wandte Catrin ein.

„Es kann nicht sein, dass wir völlig hilflos dem Ganzen hier zusehen."

„Astrid, ich muss raus, ist ja nicht zum Aushalten. Kommst du mit? Hildegard auch?" Jutta klopfte bei Christel, aber die reagierte nicht.

„Ich glaube, Frau Zucker braucht Ruhe", sagte Catrin. „Bei den vielen Leuten war sie heute Morgen überfordert. Ich habe gesehen, wie sie mit dem Schlüsselbund dastand und nicht mehr wusste, wie sie ihre Tür öffnen sollte. Dann redete ein Interessent auf sie ein und meinte, dass sie noch einige Wochen in der umgebauten Wohnung bleiben könne, bis sie was im Altersheim hätte. Ich bin bei ihr geblieben, und als alle fort waren, habe ich ihr gut zugeredet."

Zu dritt gingen sie los, Jutta nahm ihren Fisch mit, um ihn zu entsorgen. „Ich weiß auch nicht, warum ich den gekauft habe."

***

Während sich gegen Abend Catrin lustlos an das erneute Putzen des Treppenhauses machte, überhörte sie, dass jemand ins Haus gekommen war. „Schön fleißig, unsere Frau Sommerblom? So ist's recht."

Den Hohn in der Stimme von Frau Pritzkoleit überhörte sie. „Haben Sie Herrn Stübbe oder den Reparaturdienst erreicht?", fragte Catrin.

„Hab ich. Wird geregelt – aber bis dahin soll nichts in den Ausguss … Sie wissen ja, das gibt momentan nur große Schweinerei. Ich soll nachsehen, ob alles so ausgeführt wurde, wie es die Chefs erwarten. Ich muss auch in den Keller und die Schlüssel überprüfen. Ich hörte was von einem Einbruch?“

„Ich weiß nicht genau, was das nun war. Auf jeden Fall war eine fremde Person im Haus. Das ist ja das Komische, geklaut wurde nichts. Aber schließen Sie die Außentür wieder ab, falls sie rausgehen. Neben der Waschküche stehen die Fahrräder der Bewohnerinnen. Wer will, kommt ja auch in die einzelnen Kellerräume – aber es ist ja nichts weggekommen oder zerschlagen worden. Bisschen unheimlich ist selbst das.“

„Deshalb kümmere ich mich ja im Auftrag der Chefs darum. So etwas stelle ich mir unangenehm vor. Wir haben augenblicklich rasend viel zu tun und wissen Sie, wenn ich nicht da wäre und würde nicht auf die Uhr gucken, da liefe einiges schief“, versicherte ihr Rosa.

„Dann muss mehr Personal eingestellt werden.“

„Da kennen Sie aber insbesondere den Herrn Heinrich nicht. Der ist übrigens immer noch nicht recht damit einverstanden, dass Sie die Hausmeisterin machen. Sagt immer was von ‚überqualifiziert‘. Er hätte lieber einen Mann für den Posten gehabt. Na, ich will ja nichts ausplaudern. Ich fang denn mal mit dem Keller an.“

Im Kellergang begegnete ihr Astrid, die aneinandergeklebte Papierbögen trug.

„Was wird das?“, fragte Rosa.

„Transparente.“

„Für Weihnachten?“

„Ganz sicher nicht.“

„Sie wollen doch nicht – ich ahne es, lassen Sie es, hängen Sie nichts vors Haus, schneller wird die Sanierung damit auch nicht fertig!“

„Man wird sehen", entgegnete Astrid kryptisch. „Und was machen Sie hier?" Sie wartete eine Antwort nicht ab, und ging mit ihren Papieren gleich zu Hildegard, und zeigte sie ihr.

„Sehen ganz ordentlich aus", meinte sie. „Und wie kriegen wir Christel in einen Sarg?"

„Durch gutes Zureden. Wir brauchen jetzt Aufmerksamkeit und viel Presse."

Hildegard trommelte einmal zur Bestätigung und rief ihren Neffen Martin an. „Unsere Demo startet am Dienstag. Bring bitte die Särge um halb zwölf Uhr zur verabredeten Stelle. Die Plakate sind fertig und die Presse mobilisiere ich. Astrid bringt im Auto den Sarg mit. Ja sicher gehen wir vorsichtig damit um!"

Sie lächelte zufrieden. „Übernimmst du die Zeitung?"

Astrid nickte. „Ich schicke der Lokalredaktion eine Presseerklärung, das kommt professioneller rüber."

„Sollte das nicht Jutta machen? Ich meine, schreiben kann sie ja?"

„Ich auch." Damit war für Astrid die Sache erledigt.

„Hoffentlich können wir bald wieder unsere Toiletten benutzen. Eine Zumutung ist das, eine Zumutung, auf dies blaue Dix-Dinger zu gehen. Besonders nachts. Wenn ich dran denke, kriege ich sofort die Pinkelsucht."

Die Mieterinnen waren sich einig. Die Sargaktion konnte starten.

„Obwohl ich mich lieber mit einem Liebhaber ins Bett, als alleine in einen Sarg legen möchte", sinnierte Astrid.

„Alles, was du willst, das kannst du nicht haben!", Hildegard summte das Gutenachtlied ‚Buona notte'.

„Vielleicht guckt dir ja der Passende zu", meinte Christel, die dazugekommen war.

„Ich brauche nix Passendes. In meinem Alter nicht mehr", antwortete Hildegard.

„Liebe macht dich auch mit neunzig glücklich, tu das nicht so ab." Astrid lächelte versonnen.

„Komm mir jetzt nicht damit. Ich wäre ja schon glücklich, wenn die Vermieter öffentlich erklären würden, dass sie die Schikanen einstellen", forderte Hildegard.

„Ich suche nach einem Weg, die beiden umzubringen." Jutta sprach aus, was die anderen immer wieder mal dachten.

„Blödsinn!", erklärte Astrid, „lass uns weitermachen. Jutta dachte an Christoph, ihre Fernliebe. *Weihnachten fahre ich zu ihm und vergesse das Ganze hier*, entschied sie sich.

„Stübbe muss uns ja nur versichern, dass wir wohnen bleiben können", sagte Astrid. „Er hat doch eine Stimme in der Stadt, der wurde doch vor Kurzem im Rathaus geehrt. Wenn er sagt, er stellt die Schikanen ein, dann ..."

„Das macht der nie! Jedenfalls gehen faire Sanierungen anders", bemerkte Christel. Ihre Hände zitterten. Das taten sie, seitdem das Haus und ihre Wohnung ihr nicht mehr das gaben, was sie bisher getan hatten: Schutz und Wärme. Heimatgefühl. All das war davongeflogen und zerlärmt. Das war nicht mehr ihr Haus. Sie fand sich manches Mal nicht mehr gut zurecht. Ihre Gedanken gerieten bei dem Stress durcheinander. Aber sie würde ihre Mitbewohnerinnen nicht im Stich lassen. Auch wenn die die Sarg-Demo absurd fand.

„Du machst mit?", fragte Hildegard.

Christel nickte ergeben. Ihre Hände zitterten heftiger.

***

Christel hatte das Gefühl, dass in den Ecken geflüstert wurde und sie nichts verstand; sie war heute mehrere Male zusammengezuckt, weil irgendwo eine Tür zugeknallt war. Ihr gefiel auch nicht, dass ein unangenehmes Schweigen begann, wenn Catrin herauskam und sie mal wieder mit den anderen herumstand und redete. Christel fand, dass Catrin ihr nichts getan hatte und so stumme Anfeindungen gefielen ihr einfach nicht. Hin und wieder, und neuerdings immer öfter, zog Hildegard sie zur Seite, um ihr etwas in Gegenwart aller anderen ins Ohr zu flüstern. Auch das mochte sie nicht, weder Hildegards Atem, ihre Spucke, ihren Pudergeruch und die Flüsterei schon gar nicht. Die machte sie nur nervös. Sie hatte später zwar gesehen, wie Catrin und Frau Pritzkoleit miteinander gesprochen hatten, sich dann aber in ihre Wohnung zurückgezogen, weil sie heimliches Zuhören unfreundlich fand. Nachdem auch die Besprechung bei Hildegard beendet war, überlegte sie, was sie eigentlich tun sollte. Sie hatte es vergessen. Dieser Abend schien wie geschaffen dafür, dass sie sich von Geistern umgeben fühlte. Sie schienen zu wispern, zu fluchen und verbreiteten Verzweiflung. Um dagegen anzugehen, verließ sie die Wohnung, und ging die Treppen hinunter, einfach, um sich zu bewegen und an anderes zu denken. Nur das leise Knarren auf den Holzstufen war zu hören. Vor ihren Füßen huschte etwas. Als sie sich vorbeugte, um besser sehen zu können, entdeckte sie schwarz glänzende Käfer. *Kakerlaken! Hier?* Es wurden immer mehr, krochen über Christels Schuhe und vor Abscheu musste sie schrecklich husten, weil sie das Gefühl hatte, die Tiere säßen auch in ihrer Luftröhre.

Christel ekelte sich, obwohl sie in solchen Dingen eigentlich nicht zimperlich war. Dafür hatte sie in ihrem Leben genügend gesehen, das weitaus widerlicher als Kakerlaken war. Durch das tiefe Bücken wurde ihr schwindelig. Christels Füße rutschten über die lebende Masse, alles war glitschig wie Seife. Ehe Christel den Fuß heben konnte, um auf die nächste Stufe zu kommen, stürzte sie, fiel und fiel, das Fallen schien endlos, ihr war, als schwänge sie sich in einer altmodischen Schiffsschaukel in die Höhe und schaffte es nicht. Sie fiel, bis sich ihre Strickjacke an einem Holzspliss verhakte, ihr Körper trotzdem weiterfiel und Angst und Not aus Christels Bewusstsein schwanden.

9

Aufgeschreckt durch das Poltern, alarmiert durch die darauffolgende Stille sprang Catrin aus dem Bett und eilte in den Hausflur. Auf dem letzten Treppenabsatz lag zusammengekrümmt Christel. Schnell war sie bei ihr, sprach die alte Dame an, aber diese reagierte nicht. Sie griff unter ihre Schultern und wollte sie hochheben. Christel stöhnte und es hörte sich schrecklich an. Catrin griff nach ihrer Hand, die blass und kalt war. Nach endlos langer Zeit schlug sie die Augen auf und flüsterte: „Kakerlaken!" und wurde ohnmächtig. Catrin blickte über die Stufen und entdeckte nichts Derartiges. Sie versuchte, die Verunglückte in eine stabile Seitenlage zu bringen, rief den Rettungswagen und schon breitete sich der Geruch nach Unglück aus, zog durch das Haus und weckte die übrigen Hausbewohnerinnen, die aus ihren Wohnungen kamen.

Der Notarzt versorgte Christel, Sanitäter hoben sie auf eine Trage und trugen sie in den Wagen der Ambulanz. Dabei glitt Christels Blick kurz zu Astrid. Diese verstand. Sie hetzte mit ihrem Zweitschlüssel in Christels Wohnung, packte Nachthemden, Waschzeug, Hausschuhe ein und das Foto, auf der die Zucker'sche Familie abgebildet war und fuhr im Bademantel und in Hausschuhen, mit zerdrückten Haaren und sorgenvollem Blick mit ins Hanseklinikum.

Sie setzte sich in den Warteraum und schlief ein. Irgendwann wurde Astrid von einer Nachtschwester geweckt. „Frau Wanner? Sie sind doch mit Frau Zucker gekommen? Ihre Freundin hat eine komplizierte

Hüftfraktur, sie wird für die OP vorbereitet. Haben Sie eine Adresse, an die wir uns wenden können? Denn Sie sind ja nicht mit der Patientin verwandt."

„Aber näher an ihr dran als die Familie. Wir wohnen in einem Haus und sind befreundet", wandte Astrid ein. Die Schwester nickte, aber fragte noch einmal: „Adresse?"

Astrid schrieb ihr die Telefonnummer von Jenny, der Enkelin, auf. Christels Tochter befand sich in Neuseeland.

Auch wenn es aussah, dass sie nichts mehr für Christel tun konnte, wollte Astrid das Ergebnis der Operation abwarten. Sie wollte die erste sein, die über Christels Zustand berichten konnte. Sie blickte an sich herunter und war immer noch im Bademantel und trug ihre Hausschuhe, die hier ihre Abgenutztheit so richtig entfalteten. Zu Hause war ihr das nie aufgefallen. Erneut hockte sie sich auf die gepolsterte Stahlbank in der Wartezone, wo sich um diese Zeit niemand außer ihr aufhielt. Weil sie nicht mehr schlafen konnte, stand sie wieder auf und schlurfte hin und her. Sie wusste, wie überflüssig sie hier war. Sie dachte an Christel und fragte sich, wie es wohl mit ihr weitergehen würde. „Warum ist Christel gestürzt? Sie hält sich doch meist am Geländer fest, warum sollte sie es dieses Mal nicht getan haben? Hat sie jemand gestoßen? Frau Sommerblom?" Während sie versuchte, diese Idee weiter auszuspinnen, kam eine Schwester auf sie zu und blickte sie irritiert an, weil sie mit sich selbst sprach. Sie überging das. Sie war einiges im Umgang mit Menschen gewohnt. „Frau Zucker hat die OP gut überstanden. Sie sollten endlich nach Hause fahren und sich anziehen. Wir tun alles für die Patientin, machen Sie sich da mal keine Sorgen."

Astrid empfand die Mitteilung als Rausschmiss und mit gekränkter Miene rief sie über ihr Handy ein Taxi.

Mit triumphierender Miene betrat sie das Haus und sah mit Genugtuung, dass die Tür von Catrins Wohnung geöffnet wurde und Jutta, Hildegard und die Hausmeisterin mit erwartungsvollen Mienen im Türrahmen standen. „Wir konnten nicht schlafen", erklärte Catrin und trat in den Hausflur. Die anderen kamen hinterher.

Astrid überhörte Juttas Bemerkung „Du siehst ja heiß aus in deinem Aufzug!" und erklärte: „Christel ist operiert, ja, ich habe die ganze Zeit gewartet. Aber nun schläft sie erst einmal. Ich wollte nicht, dass sie alleine ist." Dabei übersah sie, dass Christel nicht wusste, dass sie im Krankenhaus geblieben war. „Ich glaube, es geht ihr nicht gut." Astrid fand, ein bisschen mehr Dramatik würde ihr ganz gut zu Gesicht stehen. Während Catrin nachfragte, begann Astrid die Stufen zu untersuchen, insbesondere die, auf denen Christel ausgerutscht war. „Igitt, da krabbeln ja überall Käfer. Guckt doch mal, da an der Seite. Sieht aus, als kämen die aus dem Keller. Sagten Sie nicht", sie wandte sich an Catrin, „das Christel was von Kakerlaken gesagt hat? Wie ekelig ist das denn? Frau Sommerblom, so etwas in unserem Haus?"

„Da kann ich auch nix zu sagen", entgegnete Catrin gereizt.

Jutta lachte. „Regt euch nicht auf, die beißen doch nicht."

„Dann mach du sie doch weg, wenn du das so lustig findest", herrschte Hildegard sie an. „Rumstehen und gackern, also nee." Während Astrid immer noch auf das Gewusel blickte, auf ihre Pantoffeln, ob da schon ein Tier drüberkrabbelte, bückte sich Hildegard und zeigte auf weitere Stufen, die noch Kakerlakenfrei waren. „Warum sehen die so ölig aus?" Schon bückte sie sich und fühlte. „Ist das Schmierseife? Da können wir doch alle drauf ausrutschen. Eigenartig. Entweder will uns jemand umbringen oder Sie, Frau Sommerblom, haben Sie vielleicht beim Putzen nicht aufgepasst?"

„Vorsicht mit Anschuldigungen, meine Damen! Sie sind müde und überreizt. Als erstes müssen wir uns um den Schabenbefall kümmern. Die können von draußen, von den Mülltonnen gekommen sein. Oder irgendwo liegen gammelige Essensreste? Ich kümmere mich nachher um einen professionellen Schädlingsbekämpfer und melde das den Vermietern." Catrin drehte sich zu Hildegard, deren kurzes Haar sich vor Empörung wie die Stacheln eines Igels aufgerichtet hatte. „Suchen Sie bitte nicht gleich bei anderen, also bei mir, nach dem Verursacher. Es ist besser, wenn wir alle noch eine Runde schlafen. Ich werde jetzt mein Bett aufsuchen." Catrin nickte den Frauen zu, und ging in ihre Wohnung.

„Und jetzt?", fragte Astrid.

„Gehst du auch in dein Bett oder ziehst dich an", sagte Jutta mit einem Blick auf deren Outfit. „Im Augenblick können wir nichts tun. Tagsüber ziehen sich Kakerlaken zurück, das weiß ich. Nein, ich habe nie welche gehabt, aber einen Artikel über die fiesen Tierchen gelesen."

„Da kümmert man sich um die Nachbarn und dann werde ich wie ein Schulkind ins Bett geschickt", maulte Astrid, begab sich aber mit äußerst vorsichtigen Schritten in ihre Wohnung.

„Weißt du, wer gestern was zum Aufwärmen zu Frau Sommerblom gebracht hat? Ist ja schnell mal was übergeschwappt", überlegte Hildegard.

„Du!"

„Was willst du mir unterstellen?", fragte Hildegard.

„Ich sage nur, dass du eine offene Dose mit Hühnersuppe runtergetragen hast."

„Dann lägen hier auch Nudeln", wandte Hildegard ein. „Ich war das nicht, Suppe sieht anders aus. Egal, ich mach's weg, nicht, dass die Nächste ausrutscht."

„Warte!" Jutta machte mit ihrem Handy einige Fotos. „Vielleicht brauchen wir die noch. – Hast du gestern fremde Leute im Haus gesehen?"

„Fremd? Die Besichtigung schon vergessen? Es waren einige Leute hier, die nicht zu uns gehören. Und ja. Stübbes Sekretärin kam auch. Aber die ist ja nicht fremd."

Astrid kam zurück und war immer noch in ihrem Bademantel. „Was ich noch sagen wollte, als Nicht-Verwandte werden uns weder Ärzte noch Pflegepersonal eine vernünftige Auskunft über Christels Zustand geben. Wenn ich einen Unfall hätte – es wäre mir lieber, eine von euch würde Auskunft bekommen. Meine Verwandtschaft wohnt ja nicht hier. Und wenn man stirbt? Wäre schön, wenn dann eine vertraute Person bei mir ist."

„Hier stirbt niemand", sagte Jutta entschieden. „Dafür haben wir keine Zeit!"

***

Am nächsten Morgen bestellte Catrin einen Kammerjäger, informierte Rosa am Telefon, da die Chefs nicht im Hause waren.

Danach fiel ihr ein, dass sie etwas vergessen hatte.

Rosa fragte: „Was gibt's noch? Er ist außer Haus."

„Vielleicht reicht es ja, wenn ich kurz mit Ihnen rede. Ich hatte Ihnen ja von der Einladung auf die Yacht erzählt. Und die ist heute. Aber wegen Frau Zuckers Unfall und dem Ungeziefer kann ich heute nicht. Würden Sie Herrn Stübbe dies bitte ausrichten? Nächste Woche geht's bei mir bestimmt."

„Ob's bei ihm geht? Ich schreib's auf", sagte Rosa. „Ich glaube, der Chef ist mit seiner *Carola 1* auf dem Wasser, wir haben ja ganz ordentliches Wetter. Ich kann aber nicht garantieren, dass ihn Ihre Absage rechtzeitig erreicht. Bei Schiffsnarren weiß man nie, wann sie wieder an Land gehen."

Catrin bat um seine Handynummer.

„Darf ich nicht. Er hat sein privates Handy dabei und die Nummer ist nur an ganz wenige Freunde vergeben. Sie stehen nicht auf dieser Liste. Sie sind ja auch kein Freund."

Catrin beendete das Gespräch. Der eigentliche Grund ihrer Absage war ein anderer. Sie fühlte sich durch die letzten Ereignisse geschlaucht und verspürte wenig Lust, abgekämpft bei Stübbe zu erscheinen. Sie wollte noch einmal das Gespräch durchgehen, das sie mit ihm führen wollte. Dabei kannte sie ihren Text fast auswendig, aber er war längst zur Manie geworden. Da hörte sie: „Verdammter Mist – eine Ratte!"

Nicht jetzt! Genervt ging Catrin raus und sah Astrid.

„Wirklich?", fragte Catrin. „Keine Maus?"

„So groß ist keine Maus! Erst Kakerlaken und jetzt Ratten? Die sind bestimmt durch die offenen Rohre gekommen. Sie müssen sich sofort darum kümmern!"

Catrin suchte Ecken und Ritzen mit einer Taschenlampe ab. „Die Maus wird im Keller sein."

„Ratte!" kreischte Astrid. „Eine Ratte. Und was ist das mal wieder für ein gottverdammter Dreck, und sind die ekelhaften Käfer wieder weg?"

„Fluchen nützt auch nichts. Das stört die nämlich nicht." Catrin stieg in den Keller herunter, und kam nach einer Weile wieder nach oben. „Die Ratte ist weg, die Schaben flitzen zu hunderten oder mehr. Wie die dahin gekommen sind – keine Ahnung."

„Sabotage. Ich sage nur: Sabotage!" Astrid stand breitbeinig da. „In den ganzen Jahren hat es in diesem Haus

nie Wanzen, Schaben und andere fieses Getier gegeben."

***

Roland Stübbe war von seiner Tour durch den Kubit-
zer Bodden, Uddarser Wiek und dem Schaproder Boden in den Strelasund zurückgekommen. Nach dem
Anlegen im Stralsunder Hafen erreichte ihn der Anruf
von Rosa. Catrin hatte bei ihr angerufen und sie gebeten, ihm ihre Absage weiterzugeben. Er zeigte Verständnis. „Ist in Ordnung, dann verschiebe ich den Termin. Teilen Sie ihr das bitte mit", hatte er Rosa gesagt.
Danach rief er seinen Sohn Benno an, um mit ihm zusammen zu essen. Der lehnte ab. „Papa, du weißt doch,
dass ich Vegetarier bin!" Natürlich wusste Stübbe, das
dies eine Ausrede war, Benno hätte auch Salat oder einen dieser dünnen Pfannkuchen essen können. Wäre
nur ein kurzer Anruf beim Caterer gewesen. „Komm
trotzdem, wir haben uns so lange nicht gesehen. Ich
würde mich freuen!" Benno wich aus. Stübbe bestellte
die georderten Gerichte wieder ab. Alleine fürstlich zu
essen, machte ihm keinen Spaß.
Er dachte an Rosas Nachricht über die Kakerlaken
und konnte sich nicht erklären, warum die mit einem
Mal in der Heilgeist ihr Unwesen trieben. „Darüber
hätte ich heute mit Sommerblom sprechen können.
Gibt es zu viel Abfall im Haus? Wenn Leute zur Besichtigung kommen, – nein, das geht gar nicht, das Ungeziefer muss schleunigst weg. Einziger Vorteil ist, dass
sie die alten Leutchen vertreiben können. Dazu der Unfall. Frau Zucker kann bestimmt nicht mehr in ihre
Wohnung zurück. Dann wird die frei. Passt! Das Treffen mit der Hausmeisterin hatte er um eine Woche ver-
schoben. Nur Bennos harsches Nein schmerzte. *Mein*

98

Gott, ich hab doch nur ihn! Er griff nach einer dünnen Akte, die ihm Karsten Heinrich frühmorgens gebracht hatte, um nicht an seinen Sohn denken zu müssen, an das, was in dessen Jugend falsch gelaufen war.

Catrin Sommerblom. 1982 in Berlin geboren. Studium der Biologe in Rostock. Arbeit bei ...

„Und so weiter", murmelte er.

Heirat mit Geert Sommerblom, Umzug nach Maastricht. Der Mann ertrank bei einem Unfall. Keine Kinder.

Bislang hatten ihn persönliche Daten seiner Mitarbeiter nie interessiert. Nur über Rosa wusste er einiges, schließlich war sie von Anfang an dabei. Tüchtig, sehr tüchtig. So eine Kraft bekam er nie wieder. Die arbeitete ohne zu Murren mit Überstunden. *Kriegt sie auch bezahlt. Gut, dass Karsten und ich uns gegen eine Erweiterung der Firmenführung entschieden haben. Das wäre nicht gut gegangen. Ich wollte sie ja nach Binz versetzen, aber dagegen hat sie sich ja derart gewehrt ... Apropos Binz! Ich könnte Sommerblom nach Beendigung ihres Jobs die Verwaltung zweier Miethäuser anbieten, falls sie nicht als Biologin unterkommt.*

Ich kaufe, saniere, entmiete, vermiete und verkaufe. Die letzte Quartiersauffrischung ist hervorragend gelungen. Sonst wären die Standardbetongruften längst zentraler Umschlagort für Gewalt und Drogen geworden – und – wie sieht es heute aus? Schmückende Fassaden mit hübschen Erkern sind's geworden. Hinterher haben's die Leute kapiert und darum gebettelt, dort einziehen zu können. Nur für vier fünfzig pro Quadratmeter geht so etwas natürlich nicht.

Er fragte sich etwas verwundert, warum ihm gerade die Hausmeisterin für die Verwaltung in Binz in den Kopf kam. Und wieder beschlich ihn das Gefühl, dass er ihre Stimme schon mal gehört hatte.

Oder scheint sie mir vertraut, weil ich sie attraktiv finde? Seltsam, aber das wird es wohl sein, schloss er diese Gedanken ab. Ich frage Benno, ob er sie kennt.

Auf den Steg kamen Leute, blieben stehen und unterhielten sich laut. Möwen lachten. Niemand fragte ihn dummes Zeug und meckerte wegen diesem und jenem. An den Hölzern des Stegs hing Tang und der Geruch mahnte ihn an den Tod.

Mit stillem Vergnügen betrachtete er sein Schiff. Das neueste war es nicht, aber mit vier Kojen, einer kleinen gepflegten Pantry, Verdeck, Kabine ausgestattet tat es ihm gute Dienste. Die technische Ausrüstung mit Seereeling und Badeplattform reichte völlig aus. Und so oft fuhren Gäste nicht mit. Den Mast hatte er im letzten Frühjahr aufarbeiten lassen. Stübbe stieg zurück auf das Boot und ging in seine Kajüte, deren Tür weit offen stand. Er übertrug Sommerbloms Nummer auf sein Geschäfts-iPhone, fragte noch einmal nach Christels Zustand, nach dem Eintreffen des Kammerjägers, und beendete das Gespräch mit: „Bis nächsten Mittwoch dann.“

Er sichtete seine private Post, die ihm Heinrich auf dem Weg zum Feinkostladen von Fischer vorbeigebracht hatte. Lange blickte er auf eine Todesanzeige.

In wenigen Tagen wird der Immobilienmakler Roland Stübbe unsanft entschlafen. Er ruhe nicht in Frieden.

Auf der schwarz umrandeten Doppelkarte war ein Wappen aufgedruckt, welches einen Henker mit Fischkopf und Flügeln darstellte.

In wenigen Tagen? Er drehte das Kuvert hin und her und versuchte, den Poststempel zu entziffern. *Die Karte kann ja monatealt sein. Was für ein Blödsinn sich da wieder jemand ausgedacht hat. Wahrscheinlich ein grantiger Mieter mit viel Zeit. Ich werde sie aufheben und zeige sie am nächsten Herrenabend zur Belus-*

tigung rum. Stübbe schob die Karte in den Umschlag zurück und legte ihn in eine Schublade.

***

Christels Enkelin Jenny wartete auf den Stationsarzt, und wollte mehr über Christels Zustand wissen. Sie hatte mit ihrer Mutter gesprochen, die nicht sicher war, rechtzeitig einen Rückflug von Auckland nach Düsseldorf zu bekommen. „Könnte ein Flug über Singapur werden, aber sicher ist nichts. Wenn es nicht klappt, Oma wird sich wieder erholen, ist ja nichts Lebensbedrohliches. Aber schön, wenn du bei ihr bist, grüß sie ganz lieb von mir." Dann war die Verbindung abgebrochen.

Der Arzt kam ins Zimmer, und hatte Christels Krankenakte dabei. Blätterte, guckte und erklärte: „Mit über achtzig kann es ein wenig dauern, einige Werte machen noch Probleme, aber Sie brauchen sich keine Sorgen zu machen. Morgen kommt sie zurück auf die Station. Jetzt braucht sie einfach nur Zeit."

Jenny streichelte Christels Gesicht und verließ die Station.

***

Er blieb auf seinem Schiff. Stübbe überprüfte die Tankanzeige, Halteleinen, die Heizung und räumte in der Pantry auf. Hier stand noch ein Kasten Stralsunder. Ihm war nach einem Bier, aber das wollte er in Gesellschaft trinken, rief Karsten an und lud ihn ein, zu kommen. Dieser kam zu seinem Erstaunen in Begleitung von Dorothea Jordan, der Kommissarin. Welch Zufall. Er überlegte, ob er ihr von dieser eigenartigen Todesdrohung erzählen sollte. Aber damit würde er Angst und Besorgnis zeigen und die hatte er eigentlich nicht. Trotzdem kam sie ihm nun ständig in den Sinn. So nahm er an dem Gespräch nicht richtig teil, er registrierte Dorothea Jordans Fragen, die Sanierungen in Stralsund schienen sie zu interessieren.

„Sie bieten Wohnungen mit korrekten Mietverträgen einfach schon als Eigentumswohnungen an? Und Ihre Mieter?"

Stübbe goss Bier nach. Sie rückte etwas von Karsten Heinrich ab, als dieser begann, ihren Arm zu betatschen.

„Was da immer alles geredet wird", antwortete Stübbe endlich. „Das läuft alles rechtens und auch bei den Mietwohnungen werden die Mieten höher – wenn man dann etwas besonders Gutes erhält. Ich bin nicht die Heilsarmee."

Kommissarin Jordan sah sich auf der kleinen Yacht um.

„Was ist denn eigentlich Ihr vorrangiges Aufgabengebiet?", fragte Stübbe.

„Augenblicklich bearbeitete ich ungeklärte Todesfälle. Nur darüber darf ich nicht mit Ihnen sprechen, so unterhaltsam das auch wäre. – Aber Ihr Geschäft wirft einiges ab?", wechselte sie das Thema.

„Gute Arbeit lohnt sich", antwortete stattdessen Heinrich.

Wieder wechselte die Kommissarin das Thema. „Sollte man nicht meinen, dass es in der Stadt Todesfälle gibt, die vielleicht neu aufgerollt werden müssen."

„Wie?", fragte Heinrich erstaunt. „Eben sprachen Sie noch von einem."

Stübbe nahm einen kräftigen Schluck Stralsunder.

Dorothea lächelte hintergründig. Die beiden mussten nicht wissen, dass es sich nur um *einen* eventuellen Fall handelte.

10

Astrid schluckte.

„Haben Sie gehört, was ich gesagt habe?" Die Stimme des jungen Mannes, der mit Jenny gekommen war, hallte in ihren Ohren.

Benno Stübbe? Des Vermieters Sohn?

„Ich weiß, was mein Vater macht, und wie er arbeitet", erklärte Benno freundlich. Er hatte den Umgang mit Älteren lange trainiert. Darauf hatte ihn sein Vater immer wieder hingewiesen. ‚Mach dann den Sohn, Schwiegersohn, einfach den Netten', hatte der ihm oft gesagt. „Ich habe doch nichts mit Vaters Praktiken zu tun. Wirklich nicht! Weil Sie so entsetzt gucken, Frau Wanner." Mit den langen Haaren, dem weichen Gesicht sah er wie ein Erstsemester aus.

„Mein Vater und ich verstehen uns nicht besonders. Aber eins können Sie mir glauben: Wenn Sie schon die Kündigung haben und glauben, dass ginge nicht wegen der Verträge und dem Mieterschutz: Mein Vater kriegt alles durch. In dem Gewerbe ist er kein Anfänger. Aufkaufen, sanieren und entmieten lohnt sich. Anstatt eine Wohnung gegen eine Miete zu überlassen, zielt die Entmietung darauf hin, mit den verschiedensten Maßnahmen zuzusehen, dass Mieter die Wohnungen räumen, entweder verlieren diese die Nerven oder sie können durch die immensen Mieterhöhungen nicht mehr mithalten. Sie wissen selbst, in den Großstädten können Normalverdiener, Normalrentner und Familien sich die aktuellen Mieten kaum noch leisten. In landschaftlich schönen Gegenden ist es ähnlich. Stralsund ist ein Anfang! So können mein Vater und sein Partner langwierige Räumungsklagen umgehen. Das Ganze ist so etwas wie ‚gehobenes Mobbing'.“

„Haben Sie das auswendig gelernt? Meine Güte, was für'n Schmus“, sagte Astrid.

„So hast du mir das noch nie erklärt“, stellte Jenny fest.

„So haben wir auch nie darüber gesprochen. Wir sind ja nur hier wegen deiner Oma und dass die nun gerade in einem von Vaters Häusern wohnt, ist reiner Zufall.“ Er wandte sich wieder an Astrid: „Ich denke mal, bei Ihnen ist es wie in anderen Gebäuden, aus denen die Mieter rausmüssen: dauerhafter Baulärm, das Wasser wird abgeschaltet, Fenster werden zerstört oder zugemauert ... Es gehört einfach zu den üblichen Schikanen. Da könnte ich noch eine Menge drüber erzählen – und das sind eben die Punkte, über die ich mich mit meinem Vater streite. Ich würde es moderater machen.“ Wieder setzte er ein Lächeln ein, mit dem er um Verständnis bat.

Astrid sah sich Benno genauer an und rückte etwas ab, als er ganz kurz seine Hand auf ihren Arm legte. Es konnte sein, dass dieser Benno sich vor ihr und seiner Freundin als Insider wichtigmachen wollte. Astrid wandte sich an Jenny. „Deine Oma ist zäh. Die erholt sich schnell und nach der Reha wird sie zurückkommen. Die Sanierung wird dann beendet sein.“ Aber sie glaubte nicht an das, was sie sagte.

„Freuen Sie sich nicht zu früh“, sagte Benno. „Vater und Herr Heinrich werden das solange hinziehen, bis Sie alle die Nerven verloren haben.“

„Klingt wie eine Drohung. Und woher wollen Sie das so detailliert wissen?“ Astrid stand auf.

„Er hat genügend Mittel, um Sie weichzukochen. Leider. Ich würde das nicht tun.“ Benno legte seinen Arm um Jenny. Diese schüttelte den Arm ab. „Mit deinem Vater möchte ich nichts zu tun haben, den will ich auch nicht kennenlernen. Morgen fahre ich wieder ins Krankenhaus. Hoffentlich geht's meiner Oma einigermaßen. In dem Krankenhaushemd sah sie winzig aus ..."

„Übertreib nicht", sagte Benno.

„Ich fände es nicht verkehrt, wenn die anderen Hausbewohnerinnen den Sohn von Herrn Stübbe kennenlernen würden. Es dauert nicht lange." Astrid entschied sich gegen ihr warnendes Bauchgefühl.

„Wie? Muss ich selbst der Hausmeisterin das Händchen reichen?", fragte Benno und lächelte.

„Nein. Die arbeitet für Ihren Vater. Nachher gerät sie in Interessenkonflikte", sagte Astrid. „Wartet einen Moment, ich komme gleich wieder."

Jenny ging in die Küche. „Hier sind Rohre abmontiert, was ist dein Vater doch für ein Arschloch."

Benno runzelte die Stirn, sagte aber nichts dazu, da Astrid zurückkam. Alleine. „Ein Besuch von Ihnen ist meinen Mitbewohnerinnen heute Abend zu viel." Sie verschwieg, dass Jutta und Hildegard gesagt hatten: „Wir erzählen dem nichts über unsere Pläne. Bist du verrückt – und das, nachdem er dir ganz offen die Vorgehensweise ins Gesicht geplappert hat?"

Jenny wollte nur weg und so verabschiedete sie sich mit Benno.

Danach ging Astrid noch einmal zu Jutta. „Nachdem dieser Benno mir diesen Vortrag über Entmietungen gehalten hat, kam mir ein Gedanke, den du ja auch schon hattest. Wer hat auf der Treppe eine rutschige Substanz ausgeschüttet und zwar so, dass sie nicht auffiel? Dazu das Ungeziefer? Haben die Vermieter jemanden beauftragt? Den Sohn? Sommerblom? Wer käme noch in Frage?"

„Mir geht Benno nicht aus dem Kopf. Immer kriegen wir ja nicht mit, wer ins Haus kommt“, überlegte Astrid.

„Frau Pritzkoleit?“, fragte Jutta.

„Alles ist möglich.“

***

„Du möchtest nach Hause?“, fragte Jutta und beugte sich über Christel. „Jetzt musst du dich erst von der Operation erholen und in unser Haus magst du nicht wirklich momentan zurückkommen. Sieh mal, du hast hier ein schönes helles Zimmer, wirst versorgt ... Vielleicht wären ein paar Tage Kurzzeitpflege zwischen der Entlassung und Reha am besten.“

Christel bewegte sich unruhig. Jutta rückte ihr das Kissen zurecht.

Christel stöhnte. Ihre Hände lagen schlaff auf der Bettdecke.

„Nun lass sie doch“, wandte Hildegard ein. „Fummel nicht dauernd an ihr rum.“

„Ich schaffe das nicht“, murmelte Christel. „Meine Handtasche!“

„Du wurdest ohne eingeliefert“, erwiderte Jutta.

„Bitte, ich brauche sie, das ist die dunkelbraune, und behaltet die Vermieter und die Hausmeisterin im Blick“, flüsterte Christel und schloss vor Müdigkeit die Augen.

„Wir passen auf alle auf.“ Jutta sah sich im Zimmer um, schaute zu der Patientin, die am Fenster lag und las. Diese unterbrach ihre Lektüre und fragte: „Haben Sie was gegen Vermieter? Hören Sie, ich habe eine schöne Wohnung in meinem Haus in Prerow vermietet, aber ich glaube nicht, dass hier einer sagen würden, pass auf unsere Vermieterin auf. Sind Sie etwas rechts orientiert?"

„Ich bitte Sie", beeilte sich Jutta in strengem Tonfall zu sagen. „Wir haben über unsere Hausmeisterin gesprochen. Und bitte, dichten Sie uns keine politischen Ansichten an, die wir nicht vertreten."

Jutta zog ihre Jacke über. „Auf Wiedersehen, Christel. Was sollen wir dir das nächste Mal mitbringen? Brauchst du etwas Besonderes?"

Christel war schon eingeschlafen. Ihre Züge entspannten sich. Hildegard ging an ihren Schrank, griff nach Strümpfen, der Hose, die durch den Sturz verschmutzt war und packte sie in eine Tüte.

Eine Stunde später kam Catrin. Das Bett der Mitpatientin war leer. Christel flüsterte matt: „Wie nett, Frau Sommerblom."

„Ich habe Ihnen ein bisschen was zum Duften mitgebracht. Ein ganz leichtes Eau de Toilette. Wir alle im Haus grübeln noch, wodurch Sie gestürzt sind."

„Ach. Lassen Sie's, bin halt auf die Schnauze gefallen."

„Sie haben nichts gesehen?"

„Ja. Doch. Schaben. Und glatt war's auch. Lag vielleicht an meinen Schuhsohlen."

„Soll ich mich um Ihre Wohnung kümmern? Blumengießen und überhaupt nachsehen?"

„Dankeschön, aber ich glaube, eine meiner Mitbewohnerinnen übernimmt das schon. Hoffentlich ist dieser Winter bald vorbei."

„Der hat ja noch gar nicht angefangen. Aber bis Weihnachten sind Sie bestimmt wieder zu Hause. Heute bleiben die Patienten nicht mehr wie früher so lange in den Krankenhäusern."

Christel versuchte ein zittriges Lächeln. „Bleiben Sie noch ein bisschen, bis ich einschlafe?"

Nach kurzer Zeit verließ Catrin Sommerblom das Krankenzimmer.

***

Im Krankenhausflur roch es nach Suppen, nach Tee, in die offenen Essenswagen schoben Schwestern Geschirr vom Abendbrot hinein. In der Besucherecke saßen Patienten und guckten stumm gegen die Wände. Im Stationszimmer wurden Berichte geschrieben. Späte Besucher trafen ein. Ein plötzlicher Notfall auf einem Zimmer ließ alle Aufmerksamkeit auf den Patienten lenken, Arzt und Schwestern rannten. Gummisohlen quietschten und Hektik breitete sich aus. Eine Praktikantin holte Wasserflaschen aus einem Vorratsraum, als sie gefragt wurde: „In welchem Zimmer liegt Frau Zucker?"

„Da vorn, rechts, die 312. Bleiben Sie bitte nicht lange, die Patientin braucht Ruhe!"

Als der Besuch eintrat, verließ die Mitpatientin mit einem Mann das Zimmer. Sie hielten sich umschlungen und wirkten sehr verliebt. „Da wird sich die alte Dame aber freuen!"

Der Gast beobachtete, wie Christel sich mühsam zur Seite drehte. Ihr Blick war erstaunt. Sie hob einen Arm und ließ ihn wieder fallen. „Heute ist wohl mein großer Besuchstag", sagte sie leise. „Hätte ich ja nie gedacht, dass ausgerechnet Sie kommen!"

„Wie geht es Ihnen?"

„Eher na ja", sagte Christel. „Dauert wohl alles länger, als ich dachte. Denken Sie sich nichts dabei, wenn ich wieder einnicke. Ich bin dauermüde. Aber das wird wieder."

Bis auf Christels leise Schlafgeräusche war es bald still in dem Krankenzimmer. Der Besuch beugte sich

108

über Christel, legte fest und immer fester einen Finger gegen ihre Halsarterie. Die Atemzüge wurden leiser, bis keiner mehr kam. Ihre Bettdecke wurde heraufgezogen und glattgestrichen. Die Person stellte den Besucherstuhl wieder an den richtigen Platz und verließ den Raum.

***

Am nächsten Tag standen die Mieterinnen vor dem Geschäftshaus, in dem Stübbe und Heinrich ihre Büros hatten. Astrid las das matt schimmernde Messingschild neben der Eingangstür, das auf deren Tätigkeiten hinwies.

Es war ein klarer Spätherbsttag, der Hochnebel vom frühen Vormittag hatte sich aufgelöst und die Sonne schien durch die Blendbogenöffnungen mit den Rosetten des Stralsunder Rathauses.

Zehn Minuten später betraten sie mit prall gefüllten Plastikbeuteln das Bürohaus, sahen sich die Wände im Hausflur an, die über und über mit gerahmten Bildern behängt waren.

Hildegard pfiff: „Auf in den Kampf, Torero …“

„Werd nicht albern", mahnte Jutta.

Eine elegant gekleidete Frau kam ihnen entgegen. Sie schob sich mit einem knappen Kopfnicken an ihnen vorbei.

„Sollen wir die PPA nicht lieber lassen?", flüsterte Hildegard. „Männer können sowas besser. In der Theorie war das ja ganz amüsant, aber jetzt, ich weiß nicht. Als ältere Frauen machen wir uns lächerlich. Mir ist schon ganz schlecht. Ich glaube, ich kann das nicht. Mit meinen siebzig Jahren finde ich es nur noch peinlich."

Astrid presste die Lippen zusammen und versuchte, nicht auf Hildegards Einwand zu reagieren. Sie zog ihre

Baskenmütze schief in die Stirn, die Augenbrauen streng zusammen, klopfte und öffnete. Die Frauen schoben sich in einen Warteraum, entdeckten eine weitere Tür mit dem Hinweis: Sekretariat Frau R. Pritzkoleit. Sie blickten sich nicht an. Hildegard machte ein gequältes Gesicht. Vom Hals aufwärts bildeten sich rote Flecken. Sie fühlte sich unschuldig in ein Geschehen hineingetrieben, das weder sie noch ihre Mitbewohnerinnen verursacht hatten.

Nach einem erst zögerlichen, dann aber kräftigen Anklopfen öffnete Jutta die Tür. Sie betraten einen Raum, in dem Frau Pritzkoleit mit ihrem roten Haar leuchtete, die schicke Hornbrille nach oben schob und die Ankommenden musterte. Der Raum war nach rechts hin offen und mit dicken hellgrauen Teppichen ausgelegt. Dahinter schien ein Flur zu sein.

„Ach, die Damen aus der Heilgeiststraße! Geht es wieder einmal um Ihre Wohnungen?"

„Wir möchten zu Herrn Stübbe. Oder zu Herrn Heinrich."

Rosa fragte, ob sie einen Termin hätten. „Klappen die Arbeiten nicht?"

„Genau darüber möchten wir sprechen."

„Es tut mir leid, aber es ist keiner der Herren anwesend. Rufen Sie doch heute Nachmittag an. Aber Sie können es mir auch sagen, ich gebe es dann weiter."

„Wissen Sie eigentlich, wie mit uns umgegangen wird?", fragte Hildegard. Die roten Flecken hatten jetzt ihr Gesicht erreicht.

„Ich kann für die nächste Woche einen Besprechungstermin vereinbaren." Rosa sah sie ein wenig spöttisch an.

„Wir können nicht mehr warten. Wir wollen jetzt mit unserem Vermieter sprechen", betonte Hildegard und zögerte einen Moment. „Wir werden aus dem Haus gemobbt!"

„Unsere Toiletten sind kaputt", begann Astrid zu erklären und geriet dabei ins Schwitzen. Ihre Haut begann zu jucken, auch an Stellen, an die sie jetzt nicht herankam.

„Sie dürfen ausnahmsweise unsere benutzen, letzte Tür rechts."

„Danke. Darum geht's nicht", mischte sich Jutta ein. Sie trat einen Schritt vor und näherte sich der Sekretärin, guckte kurz auf deren Make-up, das Jutta heftig fand. „Hören Sie, wir müssen seit Tagen draußen ein Dixi-Klo benutzen, nur weil Ihre Chefs Rohre abmontieren ließen. Wir können nicht kochen, auch aus den gleichen Gründen. Wir leben wie in einem Abbruchhaus ... Wir wollen sofort den Anschluss, die neuen Rohre, sonst gehen wir an die Presse! Sonst ..."

„Aber, aber, meine Damen! Es wäre angenehm, wenn Sie die Lautstärke mäßigen könnten."

Hinter einer Tür hustete jemand.

„Es ist ja doch jemand da. Jetzt halten Sie uns nicht hin", sagte Jutta.

„Nur weil unser Herr Lohmeier hustet, heißt das noch lange nicht, dass die gewünschten Personen anwesend sind. So gern ich Ihnen auch behilflich sein würde."

Astrid schwitzte. Besonders zwischen den Schulterblättern juckte es schlimm und dabei musste sie an die Schaben im Haus denken und jetzt juckte es überall.

Hildegard hatte alle Muskeln angespannt, sie war bereit zur Flucht.

„Gut", sagte Jutta mehr zu sich selbst, „dann müssen wir wohl ..." *Zu anderen Maßnahmen greifen*, wollte sie sagen, unterließ es vor Aufregung aber. Sie drehte sich um.

Rosa atmete hörbar auf.

Jutta nickte den anderen zu. Hildegard blickte zur Decke. Astrid sah starr geradeaus, ruckelte mit den

Schultern, um einen Teil des Juckens zu vertreiben und nestelte hastig an ihrer prallgefüllten Plastiktasche.

„Jetzt!", zischte Jutta.

Hildegard stöhnte.

Rosa tippte auf der Computertastatur und murmelte: „Gibt's noch etwas? Ich muss weiterarbeiten."

Blitzschnell stellten sich die drei Frauen in eine Reihe, öffneten die Knöpfe an den Hosenbunden, zogen sie rasend schnell runter mitsamt den für diesen Auftritt gekauften roten Radlerhosen –, hockten sich vor Rosas Schreibtisch und pinkelten auf den flauschigen hellgrauen Teppich.

Abgemacht war, punktgenau aufzuhören. Dafür hatten sie trainiert. Aber das punktgenaue Aufhören richtete sich nicht nach den Plänen. „Werd fertig", fauchte Jutta Hildegard an, die sie voller Verzweiflung anguckte; mit einem Blick, als müsse sie zum Galgen.

„Beeil dich!"

Sie zerrten die Hosen wieder nach oben. Als Letzte kam Hildegard in die Gerade. „Ich konnte nicht", flüsterte sie. Aber sie schüttete wie die anderen auch, ihren Beutel aus, drin waren Steine und Betonstaub.

Rosas sprachlose Fassungslosigkeit prallte gegen ihre Rücken. Irgendwo klappte eine Tür.

Schon den Oberkörper zum Ausgang gerichtet, sagte Jutta: „Wenn die Toilette in meiner Wohnung nicht noch heute wieder angeschlossen wird ..." Die Frauen eilten ins Treppenhaus und flohen aus dem Gebäude. Sie kamen erst auf der Ossenreyerstraße zum Stehen und keuchten zum Gotterbarmen.

***

„Wegmachen! Ich dulde keine Unsauberkeiten auf meinem Teppich. Fegen Sie zuerst den Staub vorsichtig

112

weg. Die Steine hebe ich auf, ich hol einen Papierkorb. Und dann tupfen sie die Schweinerei auf." Roland Stübbe stand neben Rosa. Er war leise aus seinem Büro gekommen.

„Ich mach doch nicht die Pi..." Sie beherrschte sich. „Es gehört nicht zu meinen Aufgaben, Herr Stübbe."

„Kann schon sein. Es gehört manches nicht zu Ihren Aufgaben." Er sah sie durchdringend an. „Und danach bitte per Einschreiben an die Mieterinnen eine fristlose Kündigung. Zum unterzeichnen legen Sie mir die Schreiben ins Büro. Ich bin jetzt weg."

„Ich habe zu tun." Kühl blickte sie ihren Chef an.

Stübbe erkannte, dass er seine Sekretärin nicht weiter gängeln konnte. Sie arbeitete viel zu gut, und er brauchte sie. Sie wusste auch zu viel.

Er ging, und kam mit einem Staubsauger und einer Schnur zurück. „Rufen Sie nachher die Reinigung an."

***

Rosa telefonierte mit der Putzhilfe der Firma. „Hier hat es aus diversen Gründen sagen wir mal, Verunreinigungen gegeben. Können Sie heute etwas eher kommen? Danke, das ist nett, Wiedersehen!"

„Nicht mit mir", murmelte Rosa. „Das hat er sich so gedacht, dass ich den Dreck anderer wegmache. Ich hab Wichtigeres zu tun!" Sie räumte ihren Schreibtisch auf und wischte anschließend mit einem Lappen über die Platte. Das machte sie jeden Tag. Ehe sie den Computer runterfuhr, ging sie auf FAS, einem Sender mit Lokalnachrichten, hörte kurz rein und lächelte zufrieden. Es gab nichts Aufregendes in den Meldungen. Da sie wusste, dass sie auch heute die Letzte war, die die Firma verließ, ging sie rüber zu den Büros, sah hinein, fand alles in Ordnung. Sie hatte es sich zur Aufgabe gemacht, regelmäßig danach zu gucken. Gleich würde die Putzkraft kommen. Die war zuverlässig und hatte einen Schlüssel. Als Rosa die Tür zu Stübbes Raum öffnete, ging sie zu seinem Schreibtisch, rückte den schönen alten Stuhl zurecht und setzte sich. Papiere lagen noch ungeordnet, das hieß, der Chef würde noch einmal zurückkommen. Trotzdem nahm Rosa sich die Zeit, kurz drüber zu lesen. Dann stand sie auf und ging mit gebieterischen Schritten hinaus.

11

„Ja?", fragte Astrid und presste wie immer das Handy fest gegen ihr Ohr, damit sie auch alles verstand.

„Astrid, meine Oma ist tot. Die Nachtschwester hat es erst in den Morgenstunden bemerkt."

Jenny schluchzte. „Wie kann sie so plötzlich sterben? Ich habe sie immer viel zu wenig besucht, hatte nie Zeit und war davon überzeugt, dass sie ja viele Freunde hatte, mit denen sie umging. Der Arzt sagt, es muss wohl sehr plötzlich gewesen sein, damit hätten sie nicht gerechnet."

Schon zogen an Astrid Bilder von Christel vorbei, Erinnerungen an ihr Gesicht mit dem fröhlichen Funkeln in den Augen. An ihre Ängstlichkeit. Ihre Einfälle. *Nie wieder. Nie wieder. Nie wieder wird Christel nach Hause kommen.*

„Ich bleibe noch hier. Oma liegt da mit einer Handtasche. Die Schwester sagte, die hätten sie ihr gelassen, weil Oma so daran hing. Sie hätte nur immer wieder gesagt, es solle bloß keiner reingucken. Was sie wohl darin aufbewahrt? Man hat ihr das Kinn hochgebunden. Sie sieht fremd aus. So klein. Das Gesicht ist spitz geworden. Sie liegt allein in einem winzigen Raum, ich habe zwei Kerzen angezündet. Wissen Sie, wie das ist mit der Seele? Soll ich das Fenster für Oma öffnen, damit die Seele ... Oder ist das albern?"

„Hm, das ist ja ein Krankenhausfenster, die lassen sich häufig nicht öffnen. Aber auf Kipp kriegst du es sicher. Das hilft auch. Mach es ruhig!"

„Nicht, dass sie sich gefangen fühlt. Sagt man nicht, dass man einer Seele die Freiheit geben soll? Nachher fahre ich nach Hause. Oder vielleicht doch erst in Omas Wohnung. Oder ich gehe spazieren. Ich weiß es nicht. Ich weiß gar nichts, aber im Augenblick möchte ich noch allein mit ihr sein."

„Es ist das Haus, das sie getötet hat", sagte Astrid nachdenklich ins Handy. Aber Jenny hatte schon aufgelegt.

***

Die Schwester führte Jenny aus dem Zimmer. „Der Bestatter holt Ihre Großmutter gleich ab. Leider geht unser Arzt von einer unklaren Todesursache aus. Die Polizei musste kommen. Die Staatsanwaltschaft ist auch informiert, die hat schon die Obduktion angeordnet. Das ist immer so in solchen Fällen", versuchte die Schwester Jenny zu beruhigen, die anfing, laut und verzweifelt zu weinen. Sie stellte eine Tasche hin. „Ich hab die Nachthemden und Wäsche schon eingepackt. Viel war ja nicht da. Mein Beileid! Es wird sich alles klären."

Wie betäubt ging Jenny ein letztes Mal über den langen Krankenhausflur. Draußen suchte sie nach einer Bank, um die Handtasche, die sie mitgenommen hatte, anders zu verstauen. Genarbtes Plastik. Weiß Gott, nichts Besonderes. *Oma hatte doch andere Handtaschen, warum musste es diese sein?* Jenny knipste sie auf. Eine Packung Taschentücher und ein Kästchen. Mehr nicht. Das nahm Jenny heraus, betrachtete es von allen Seiten und hob den Deckel ab. Es ging ganz leicht, als wäre er schon oft heruntergenommen worden. Verblüfft starrte Jenny auf graues Pulver, es sah wie Erde aus, und sie begriff sofort, dass es Asche war. „Asche?" Und dann schwante ihr etwas. Sie legte den Deckel wieder auf den Kasten, schob ihn zurück in die Hand-

116

tasche, und packte sie zu den anderen Sachen. Fast automatisch ging sie zur Heilgeiststraße.

Auf dem Gerüst hörte sie weder Schritte, noch Rufe, kein Hämmern und Schlagen. Sie blickte nach oben und sah keine Arbeiter. Die Haustür stand weit offen. Durch ein Loch in der Hauswand zog der Wind rein. Drinnen roch es nach Staub und Steinen.

Ihre Hand zitterte, während sie den Schlüssel ins Schloss steckte, drehte und in Christels Wohnung ging. Es war still, eine tote Stille. Jenny stellte die Tasche ab, und ging durch die Wohnung. Kalt war es und die Luft schmeckte klamm. Decken lagen auf dem Fußboden. Jenny bückte sich und legte sie auf das Bett. Sie stellte die Heizung an. Ein leichter Duft von Christel hing noch in den Räumen.

In der Spüle standen Teller mit eingetrockneten Resten, eine Tasse mit Kaffee und Schimmel. Daneben klaffte eine große Lücke. Der Herd fehlte immer noch. Jenny spülte das Geschirr, legte es auf das Abtropfbrett, suchte ein Küchentuch und trocknete ab.

Obduktion? Was heißt das: ungeklärte Todesursache? Sowas sagt man doch, wenn ein Mord vermutet wird. Meine Oma, wer soll die denn ermorden? Und dann noch im Krankenhaus? Die sind wohl übervorsichtig. Oma hatte keine Feinde ...

Sie holte den Staubsauger und saugte Seufzer und Christels Träume weg. Jenny suchte nach Müllbeuteln, fand große blaue und steckte Wäsche, Handtücher, alle Cremes und Tuben hinein. Den Inhalt der Krankenhaustasche stopfte sie hinterher.

Sie schulterte mehrere Säcke auf den Rücken und schleppte sie herunter. Draußen fand sie keine Mülleimer. Jenny lief zurück, klingelte bei Catrin, um sie zu fragen, wo sie den Müll hinstellen konnte. Niemand öffnete ihr. Da nahm sie die Säcke erneut und packte sie in eine Mulde, in der Steinbrocken und Rohre lagen.

In der Wohnung setzte sie sich in Christels Sessel. Jenny nahm sich vor, niemandem zu erzählen, was sie in der Handtasche entdeckt hatte. Und genau wusste sie es ja auch nicht. *Asche vom Opa? Von einem Geliebten? Von einem Kind?* Bei Christel war einiges möglich. Jenny würde es nie erfahren. Sie stand auf, zog die Tür hinter sich zu und verließ das Haus.

***

Astrid Wanner klebte Plakate an das Gebäude. *Entmietungen auch in unserer Stadt!*

Martin Radke schleppte Pappen, faltete sie, und Leute staunten, als sie sahen, dass nun drei Särge aus der Faltkunst geworden waren.

„Künstler-Happening?"

Ein lokaler Fernsehsender baute auf.

„Den rechten Sarg näher an den anderen dran, kommt so besser ins Bild. Wollen Sie jetzt etwas zu Ihrer Aktion sagen?", wurde Astrid gefragt.

„Wir müssen erst in die Särge." Astrid legte sich als Erste hinein, während Hildegard und Jutta in die beiden anderen stiegen.

Es wurde sich darüber gebeugt. „Ist die tot?"

Mikrophone wurden in die Särge gehalten. „Wir protestieren gegen Mietermobbing, unser Haus wird saniert und unsere Wohnungen sollen umgebaut werden. Dagegen ist an sich nichts zu sagen. Aber eine Luxussanierung brauchen wir ebenso wenig wie die massiven Schikanen, denen wir jeden Tag ausgesetzt sind. Wir leben seit Monaten auf einer wahnsinnig lauten Baustelle. Jetzt heißt es sogar, dass unsere Wohnungen Eigentum werden sollen."

„Wurden Sie Ihnen zum Kauf angeboten?"

„Zu einem sehr überhöhten Preis. Auch Mietpreise wurden uns genannt. Und in der Irrsinnshöhe sind sie in Stralsund nicht üblich. Das ist Wucher! Wir sollen raus. Dank abgebauter Herde ist das Leben sehr eingeschränkt, Ersatz gibt es nicht, teilweise können die Toiletten nicht benutzt werden. Mit meinen siebzig Jahren bekomme ich keine andere Wohnung.“

In Sarg daneben erklärte Jutta, angetan mit knalliger Jeans und einer abgewetzten Bikerjacke: „Hier, nehmen Sie für die Berichterstattung mein Lärmprotokoll. Unsere Mietergemeinschaft hat bei der vorgesehenen Entmietung finanzielle Härten festgemacht. Seit Jahren sind wir eine gute Hausgemeinschaft und achten selbst auf kleine Mängel, die schnell behoben werden können. Aber die Eigentümer, die Firma Stübbe und Heinrich, führen Kaufinteressenten durch unsere Wohnungen, Leute, die sogar nachts bei uns anrufen. Außerdem haben wir seit Neuestem Kakerlaken in rauen Mengen. In dem ganzen Dreck rasen die mit Ratten um die Wette. Außerdem fordern wir von den Eigentümern, dass ab sofort unsere Herde wieder angeschlossen werden und die Toiletten wieder benutzbar sind.“

Hildegard rief dazwischen: „Heute erhielten wir die Kündigung.“ Man blickte sie nur kurz an. Sie wirkte verhuscht, nicht interessant genug.

„Sie haben kein lebenslanges Wohnrecht?“, fragte eine Interviewerin.

„Wir haben vom Vorbesitzer einen gültigen Mietvertrag mit festgelegter Miete. In meinem Alter ...“ Astrid stieg aus dem Sarg und lachte. Das provozierte. Heulend würde sie sich nicht der Meute stellen. Kameras wurden auf sie gehalten. „So werden die Rechte der Mieter zu Grabe getragen.“

Der Mann von der Ostsee-Zeitung fragte den aufgeregten Martin Radke: „Ist das ein neues Geschäftsmodell? Särge für Aktionen auszuleihen?"

Ehe er antworten konnte, nahm Stübbe mit einem jovialen Zwinkern dem Ostsee-Zeitungsmenschen das Mikro aus der Hand und erklärte mit lockeren Worten und einem immer wieder eingesetzten breitem Lächeln seine Sicht der Dinge. Er überging die Sarg-Demo und berichtete ausführlich von der Pinkelaktion, deren Ablauf begeistert mitgeschrieben wurde. Das Mieterbegehren trat in den Hintergrund. „Bei den Damen werden Ereignisse mit Argumenten vermischt. Häuser müssen erhalten werden. Und manchmal sind umfassende Sanierungen notwendig. Und so weiter."

Martin faltete die Särge auseinander und trug sie zum Auto. Rosa blickte zur Uhr. Ihre Mittagszeit war zu Ende. Sie ging ins Haus, war nun wieder Empfangsdame und Sekretärin und Mitwisserin. Sie hörte die Chefs kommen, ging zu ihnen, und übergab beiden jeweils die an sie gerichtete Post. In Stübbes Stapel befand sich eine Trauerkarte.

***

Rosa lauschte Stübbes Kommentaren zu der vorausgegangenen Aktion der Mieterinnen. Sie hörte noch interessierter zu, als er von einem neuen Bauvorhaben in der Stadt sprach, dass er im kommenden Sommer angehen wollte. Sie reagierte nur mit einem Zusammenziehen ihrer Pupillen, als er mitteilte: „Dann muss ich mehr Personal einstellen. Auch für Ihren Posten habe ich zwei Mitarbeiterinnen im Austausch vorgesehen. Ich möchte Sie, meine liebe Frau Pritzkoleit, als Büroleiterin in Berlin wissen. Sie müssen dort mit sogenannten neuen Mietern zurechtkommen. Jaja, die haben Mieten überwiesen, aber die Wohnungen sind längst vermietet. Russen. Aber damit werden genau Sie fertig. Zum ersten April kommenden Jahres."

Nach dieser Mitteilung entgleiste kurz ihr Gesicht. Sie nickte, sagte kein Wort und hackte auf die Computertastatur ein.

„Also", begann Stübbe, „ein bisschen Freude können Sie ruhig zeigen! Neue Verantwortung. Hauptstadt. Gehaltserhöhung!"

Rosa hackte weiter. Als sie sah, dass Stübbe immer noch da stand, blickte sie ihn an und legte in diesen Blick so viel Verachtung und Arroganz hinein, wie es ihr möglich war.

Erst als sie allein war, blätterte sie in Stübbes und Heinrichs Terminkalendern. Die pflegte sie sehr genau. Sie las die Verschiebung des Treffens mit Catrin Sommerblom, die Uhrzeit und dass sie selbst dahinter auch ‚allein' eingetragen hatte. Erst in diesem Augenblick nahm sie den Hinweis bewusst auf. Sie nickte heftig mit dem Kopf, als müsse sie sich bestimmter Dinge genau versichern. *Berlin? Du wirst dich wundern! Oder auch nicht.* Bei dem letzten Gedanken stieg ein unbändiges Kichern in ihr hoch. Sie war aber so umsichtig, dass sie sich weitere Gedanken solcher Art nicht erlaubte, sonst wäre ihr Kichern in ein Kreischen ausgeartet und sie hätte auf sich aufmerksam gemacht.

Rosa spürte, wie ihr Stresspegel anstieg. Fragen wie: *Wohin führt das alles und was kommt danach,* packte sie sofort weg. Trotzdem verspürte sie Unbehagen, eine Angst, die sie in dieser Stunde zuließ. Einfach, damit diese Bestie ihr nicht im entscheidenden Moment dazwischenkam. Innerlich ging sie Ideen durch. Vorher zu wissen, was geschehen kann, lautete ihre Devise. Und sie achtete stets auf die innere Einstellung ihres Gegenübers. Um auch ihren Chef nicht in unnütze

Grübeleien verfallen zu lassen, würde sie am späten Nachmittag zu ihm ins Büro gehen, über die Rahmenbedingungen seines Angebotes sprechen und ihn glauben machen, dass sie sich darüber freue. Ihr machte es nichts aus, als Dankeschön-Anwärterin dazustehen, Stübbe würde seinen Heimvorteil schnell genug wieder abgeben müssen.

Das Telefon läutete. Rosa blickte auf die Nummer, nahm ab und fragte: „Was kann ich für Sie tun, Frau Sommerblom?"

Sie hörte zu, und fragte: „Was er gerne isst?"

Rosa erklärte, was Roland Stübbe gerne aß. „Aber ist eigentlich auch egal, er hat schon bei Fischer geordert." Dass Catrin durch diesen kurzen Anruf sozusagen eine Initialzündung auslöste, konnte sie nicht wissen. Aber jetzt war es Rosa egal, wenn die Chefs ihr schallendes Gelächter hören würden. Sie stand auf, ging zur Garderobe, nahm ihre Daunenjacke, setzte eine Mütze auf und ging.

Draußen wollte sie sich erst nach links wenden und stutzte. Rosa drückte sich in eine Hausnische, beobachtete und wusste, dass sie sich die Szenen nicht entgehen lassen wollte.

Die Wanner, also wirklich! Rosa sah, dass Stübbe und Heinrich aus dem Haus kamen. Sie drückte sich noch enger in ihre Ecke, sie wollte von ihnen nicht gesehen werden.

Sie zog ihre Zigaretten hervor. Zwischen der vierten und sechsten konnte sie die Frauen weiterbeobachten. Rosa übersah mit hochmütigem Blick das Naserümpfen vorbeigehender Nichtraucher. Die Novembersonne machte ihr Gesicht golden und täuschte Frieden vor.

***

„Kommen Sie doch bitte einmal mit nach draußen“, bat Catrin.

„Wozu?“, fragte Jutta.

„Kann man nur von der anderen Straßenseite sehen.“

Auf dem Gerüst waren keine Bauarbeiter zu entdecken.

„Ja? Und?“

„Die haben die Arbeit niedergelegt.“

„Warum?“

„Die letzten Zahlungen für Baumaterialen wurden ihnen vorenthalten, so sagte es mir der Vorarbeiter. Zur Hälfte ist das Dach abgedeckt. Eine Plane liegt zwar drüber, aber ich glaube kaum, dass die hält, flattert ja jetzt schon wie verrückt.“

„Und wenn es regnet?“

„Dann gibt’s ein Problem.“

„Dann sorgen Sie bitte dafür, dass das da oben dicht gemacht wird. Ich verstehe überhaupt nicht, wie Sie für solch einen Arbeitgeber tätig sein können. Was haben Sie eigentlich vorher gemacht?“

„Frau Tausendschön, ich bin Biologin. Überhaupt – Sie haben doch inzwischen von Frau Zuckers Tod gehört?“

„Natürlich. Wir wissen es ja von Astrid. Und jetzt – ist die Kripo dran? Ich glaube das alles nicht, ist da ein Mediziner nicht übereifrig gewesen? Ich meine, was macht es für einen Sinn, eine alte kranke Frau zu töten? Sie hat keine Reichtümer, im Krankenhaus keine Wertsachen gehabt, nein, das alles kann nicht wahr sein. Wir warten ab. Von uns glaubt es keine.“

12

„Wir warten die Obduktion ab", erklärte Kommissarin Jordan. „Ehe es ein Fall wird. Ich find's nur interessant, dass die Frau Zucker in dem Haus in der Heilgeiststraße wohnt, wo die Mieterinnen einen ganz schönen Aufstand mit Särgen am Alten Markt getrieben haben. Ist das jetzt ein normales Zusammentreffen komischer Ereignisse? Zufälle gibt's nicht, das braucht mir niemand weiszumachen. Vorsichtshalber, damit wir hinterher nicht so viel Arbeit haben, klopfe ich schon mal die Alibis ab."

Sie überlegte es sich anders und fuhr in Richtung Rostock zu dem Pathologen. Sie war misstrauisch. Im Institut kam ihr ein kühler Wind entgegen, der nach Desinfektionsmitteln und unangenehm süßlich roch. Die weißen Kacheln, das Neonlicht und die hohen Metallschränke strahlten Abwehr und Kälte aus. Ein Mitarbeiter bat sie herein, sie hatte sich von unterwegs aus angemeldet. „Christel Zucker, Jahrgang 1934?", fragte er. Jordan nickte und hielt sich ein mit Eukalyptusöl getränktes Tuch vor die Nase. Ihr war nicht nach dem Anblick und der Diskussion über eine Tote. Dennoch stellte sie sich so hin, dass sie der Verstorbenen in das wächserne Gesicht gucken konnte. Es war aufgedunsen und fleckig, die Hände zeigten eine grüngelbliche Färbung. Der Mitarbeiter wurde von dem Pathologen abgelöst, gab Jordan die Hand, wies auf Christels Körper hin und sagte: „Man muss schon sehr genau hingucken. Und trotzdem bin ich nicht ganz sicher ... Sehen Sie, hier an der Halsseite die unterlaufene Stelle? Ein ovaler Fleck. Gut, die Frau hat an vielen Stellen blaue

Flecken und Prellungen – die sicher von dem Unfall herrühren. Insofern könnte dieser Druckfleck auch daher stammen. Aber auch durch eine Person, die ihr das Leben abgedrückt hat. Da diese Stelle explizit auffällt und sehen Sie, an der anderen Seite, wenn auch schwächer, hat sie sich auf die Zunge gebissen. Sehen Sie die leichten Druckmale in ihrem Gesicht? Als hätte sie abgewehrt, wenn auch schwach. Und die Stelle am Hals könnte auch auf einen Schlag auf den Erb'schen Punkt hinweisen. Die Frau hatte gerade eine OP hinter sich – da kann der Tod schnell eintreten. Der Kreislauf bricht zusammen – die vegetativen Nerven spielen verrückt. Also, Frau Jordan, ich gehe von Mord aus." Er machte eine kurze Pause, legte das Tuch wieder über den Körper und verabschiedete Jordan mit: „Finden Sie es heraus! Auf den Friedhöfen liegen so viele, deren Tod mit ‚Herzversagen' ausgewiesen, deren Sterben aber durch einen Mord verursacht wurde.

***

Als Stübbe sich bei seinem Kompagnon mit einem „Bis später!" verabschiedete, „ich gehe noch mal an der Baustelle vorbei", nahm er den Weg über den Alten Markt, ging in Richtung Hafen.

Über der Bucht waren dunkle Wolken aufgezogen. Er ging zur Mole und lächelte erfreut wie immer, wenn er die *Carola 1* erblickte. Vom Anleger aus betrat er das Schiff, er wollte es überprüfen, nicht, dass die Mieterinnen sich auch hier eingenistet hatten.

Ein Sturm schien aufzukommen, so, wie der Himmel aussah. Er zurrte alles nach, überprüfte seine Getränkevorräte und ging anschließend zufrieden an Deck. Hier erreichte ihn auf dem Handy Catrin Sommerblom und er nickte nach ein paar Sätzen ihren Vorschlag ab. „Nur zu!" Denn er wollte das so haben, so hatte er es mit Olav Fischer besprochen.

Stübbe nahm sein Fahrrad vom Schiff, und machte eine Runde zum Bodden. Er radelte am Schilfgürtel entlang, sah ein Zeesenboot mit dunklen Segeln vorbeigleiten, und die Rügenbrücke teilte die See und den Himmel. Er hörte Wasserglucksen, Schilfrascheln und Wasservögel.

Eine Sturmbö riss ihn vom Rad. Er schob es und hatte Mühe, vorwärts zu kommen. Der Wind drehte auf und als er aufs Wasser blickte, sah er, wie die Ostsee ins Hafeninnere gedrückt wurde. Er schob und ging zurück zur Yacht, die an ihrer Verankerung riss. So sah er nicht seine Mieterinnen, die sich vorwärts quälten, endlich ein Lokal erreichten, in dem sie sich verweht, verfroren und nass niederließen.

„Bis weitergearbeitet wird, gehen wir in ein Hotel. Was haltet ihr davon? Das Haus ist ausgekühlt, und es wird noch kälter, wenn das Dach nicht ganz schnell repariert wird. Nur ob und wann wieder gearbeitet wird, wissen wir ja nicht."

„Das kostet", meinte Hildegard. „Wir wollten doch ausharren. Obwohl ich all das so müde bin."

„Ausharren zwischen Ratten, Kakerlaken und abgedecktem Dach? Wer sagt uns, dass nicht neue Viecher ausgesetzt werden? Die Hotelrechnung geht an die Vermieter. Die Idee mit einem Hotelaufenthalt hatte Frau Sommerblom auch schon. Sie bleibt, sie muss aufs Haus aufpassen. Sagt sie. Und dann frage ich mich, ob uns nicht jemand ausschalten will? Könnte doch sein? Christel ..." Astrid kaute an einem Stück frisch gebackenen Dorschs.

„Du meinst, es könnte jemand ins Haus kommen und uns umbringen? Na, ich weiß ja nicht. Und wenn wir

das machen, wäre da nicht eine Ferienwohnung besser? In dieser Jahreszeit sind viele frei und günstig“,
fragte Hildegard.

„Ich könnte an meinem Manuskript weiterarbeiten“,
überlegte Jutta. „Mit mehr Ruhe.“

„Übrigens – warum geht die Heizung mal und dann
wieder nicht?“ Astrid kaute und spießte sich ein weiteres Stück Dorsch auf die Gabel. Panade hing ihr im
Mundwinkel.

„Ob Sommerblom?“ Hildegard begann, mit den Fäusten auf die Tischplatte zu trommeln.

„Lass das. Du mit deinem Trommeltick!“ Wegen des
Fisches sprach Astrid undeutlich.

„Spekuliert nicht. Vermutungen bringen uns nicht
weiter“, befand Jutta.

„Die Hausmeisterin kann an Heizungen, Sicherungen, eben an alles dran. Wenn sie zu Manipulationen
beauftragt wurde?“ Astrid blieb hartnäckig.

„Es kann auch jemand anders gewesen sein.“ Jutta
griff nach Hildegards Hand. „Hör mit der Trommelei
auf. Also: Wir buchen für den Anfang zehn Tage drei
Einzel in dem hübschen Hotel da vorne. Dann kommen
wir zur Ruhe und sehen weiter.“

„Aber nach zehn Tagen sind unsere Wohnungen doch
nicht fertig?“, fragte Hildegard.

„Hab doch gesagt, dann sehen wir weiter. Mach jetzt
keinen Stress, ich habe wenig Lust, wieder zurück in
die Kälte zu gehen, da ist es draußen ja wärmer. Außerdem möchte ich mal wieder so richtig entspannt baden.“

***

Stübbe knallte seinem Kompagnon die Zeitungen auf
den Schreibtisch. „Jetzt geht diese alberne Sargge-

schichte durch die Medien. Mit der genauen Interpretation: Das geht gegen mich, gegen uns, und das finde ich ziemlich dreist. Dann schalten wir vorläufig keine Anzeigen mehr und setzen verstärkt aufs Internet. Für die Ostseeprojekte werben wir massiv auf dem Immobilienlink."

„War klar, dass die Presse auf so etwas fliegt", sagte Heinrich. „Unsere gute Rosa hat schon x Anrufer abgewimmelt. Redaktionen, Fernsehen. Wir geben keinen Kommentar ab. Dann läuft sich die Sache von alleine tot." Er strich mit dem Zeigefinger über seinen Scheitel. „Außerdem habe ich mit Sommerblom telefoniert. Stell dir vor, die Alten sind im Urlaub."

„Wohin?"

„Keine Ahnung. Haben sie ihr scheinbar nicht gesagt. Aber wir können jetzt sehr gut weitere Interessenten durchs Haus führen."

„Erst müssen die Dacharbeiten erledigt werden und wirklich alles Ungeziefer raus. Blöderweise haben nach den Zeitungsartikeln zwei potentielle Käufer abgesagt."

„Bleib ruhig", sagte Heinrich. „Moralisten halten sich nicht lange. Übrigens: Weißt du, dass dein Sohn mit der Enkelin von Frau Zucker intim ist? Hat mir Sommerblom verraten. Der war wohl mit dem Mädchen in Zuckers Wohnung, um ein paar Sachen für die Alte zu holen. Sprich mit ihm. Nicht, dass dein Bengel in seiner Verliebtheit Geschäftsgeheimnisse ausplaudert."

„Ach", wehrte Stübbe ab. „Der weiß doch nichts. Wir streiten ja nur. Leider. Jetzt macht er auf Öko und will sein Auto nicht mehr nutzen. Soll er Rad fahren. Benno kann auch arbeiten, ich muss ihm nicht ein fettes Monatssalär überweisen. Dann lernt er endlich die Realität kennen. Der Junge träumt doch."

„Lad ihn heute Abend ein. Mitsamt der Freundin. Die wird uns auch sagen, was weiter geplant ist. Nach den Särgen …“

„… kommt der Tod“, lachte Stübbe. „Heute Abend kann ich nicht. Ich bekomme Besuch. Aber morgen, ja, das geht. Ich sage Benno Bescheid.“

13

Trotz des angenehmen Hotelzimmers schlief Astrid Wanner schlecht. Ein paarmal stand sie auf, um ins Bad zu gehen. Letzteres war eine Wohltat, es war warm, sauber und dazu gab es eine funktionierende Toilette.

Sie ging zum Fenster und schob die Gardine zur Seite. Jemand kickte eine Dose vor sich her. Sie dachte an die Zeitungsartikel. Besonders aber wurde die Pinkelaktion hervorgehoben. Nur ein Blatt stellte den richtigen Zusammenhang her, dass das Ganze seinen Grund gehabt hatte. Es folgte ein zwar eher allgemeiner Bericht über Immobilienhaie, aber Astrid fand, das sei besser als gar nichts. Auf das Foto von Stübbe spuckte sie. Noch einmal dachte sie an die Demo. Draußen rollte die Dose scheppernd gegen Irgendetwas und als sie aus Langeweile nachsehen wollte, ging das Handy. Sie hörte ein unterdrücktes Lachen. Dann wurde wieder aufgelegt.

***

Catrin ging die Einladung nicht aus dem Kopf. Monatelang glaubte sie, einmal allein mit Stübbe zu sein, würde ihrem Vorhaben die richtige Richtung geben. Aber das hatte bis heute in der Ferne gelegen. Und jetzt sollte alles, was sie gedacht hatte, Realität werden? Je mehr Stübbe ihr näher kam, umso mehr wallte lauernde, unbändige Wut, dieser Zorn, Erbitterung und Trauer in ihr hoch. Die Emotionen trieben ihr Tränen ins Gesicht und sie ballte die Hände zu Fäusten.

Hör auf, befahl sie sich. *Das Essen …*

„Ich werde meinen Teil dazu beitragen."

Wie konnte sie mit einem harmlosen Gespräch beginnen?

Catrin war so blockiert, dass ihr erst später einfiel, dass ihre Tätigkeit als Biologin auch einige Schiffseinsätze mit sich gebracht hatten. Davon konnte sie erzählen. Zunächst. Ganz locker plaudernd. *Wenn ich es schaffe!* Und er sollte nicht mit seinen Geschäftserfolgen prahlen. Die Zeitung hatte erneut über ihn und seinen Kompagnon geschrieben, wie wichtig die Planungen und Umsetzungen der Firma für die Stadt und die Region waren. Dazu gab es ein Foto, auf dem sich Stübbe im maritimen Outfit gefiel und in die Kamera lachte.

Aufgekratzt räumte sie Schubladen leer. Briefe, Fotos und die kleine Kamera kamen in eine wasserdichte Hülle, danach in den Rucksack. Schlüssel und Handy samt dem neuen kleinen Bluetooth-Auslöser kamen in die Innentasche ihrer Jacke.

Danach machte sie sich auf den Weg zu ihrem zweiten Aushilfsjob, den sie vor ein paar Tagen angenommen hatte. Ein Feinkostladen mitten in der Stadt, nicht weit von der Heilgeiststraße, brauchte eine flexible Aushilfe für den späten Nachmittag. Als die Anzeige in der Zeitung stand, hatte sie sich gleich vorgestellt und im Gespräch mit dem Besitzer, Olav Fischer, erfahren, dass Stübbe hier regelmäßig einkaufte. Fischer belieferte auch außer Haus und beim Zusammenstellen diverser Platten half Catrin. Es war ein gut besuchter Laden und auch Heinrich sowie Rosa kauften hier ein.

Heute war das Treffen auf Stübbes Yacht. Sie sortierte die eingegangenen Bestellungen und sah, dass Stübbe diverse Kleinigkeiten für zwei Personen bestellt hatte. Sie machte alles, was Olav Fischer anordnete, schaute ihm auch beim Zubereiten zu. Als er auf ein großes Filet hinwies und sagte: „Hai, schmeckt, richtig zubereitet, großartig. Kann man einlegen oder frisch braten oder … Müssen Sie unbedingt probieren." Er lachte. Fischer war ein zugänglicher Mann.

Er arbeitete Bestellungen ab, Fleisch, viel Fisch, auch Hai, briet in Kräutern, mit Speck, ließ Catrin kosten und fragte: „Na?"

Unglaublich, dachte sie. *Wunderbarer Geschmack und wenn ich es nicht besser wüsste, würde ich sagen, es ist Geflügelfleisch.*

„Jetzt haben wir alle Leckereien überprüft, Sie haben das hübsch arrangiert, Frau Sommerblom", lobte Olav Fischer. „Und Sie sind wirklich sicher, dass ich Ihnen das Safran-Risotto und die Bio-Hühnerbrüstchen scharf in Chili überlassen kann? Der Mann ist pingelig, aber ich muss unbedingt das Catering im Rathaus übernehmen."

Catrin beruhigte ihn. „Zum einen: Ich hab schon mal gekocht! Und zum anderen: Ich habe Herrn Stübbe telefonisch darüber informiert und mich erkundigt, ob er meinen Kochkünsten traut." Sie fragte sich allerdings, wer das alles essen sollte. Oder würden doch mehr Leute kommen? *Kann ich nicht gebrauchen, wenn ich nicht jetzt ... dann schaffe ich es nie,* ging es ihr durch den Kopf. Während sie ein flaches Döschen Safranfäden in die Seitentasche der großen Kühlbox steckte, hörte sie eine bekannte Stimme. „Sieh an, Frau Sommerblom! Ich will nur sehen, was Olav heute im Angebot hat. Er hat immer so tolle Rezeptideen. – Das ist alles für den Chef? Sieht ja lecker aus!" Die Stimme gehörte Rosa.

„Finger weg!", mahnte Catrin. Während Rosa mit Fischer sprach, stellte Catrin ihr iPhone gegen einen

Becher, um mit dem Bluetooth-Auslöser zu experimentieren. Den Blitz hatte sie ausgeschaltet. Catrin ging einige Schritte zur Seite und drückte ein paarmal auf den mobilen Selbstauslöser. Sie überprüfte, es waren nur Arme und Oberkörper zu sehen.

Rosa redete immer noch und beachtete sie nicht.

Jetzt lehnte Catrin das iPhone gegen einen Behälter. Den Auslöser behielt sie in der Hand. *Mal sehen, was das wird.*

„Ich muss los", wandte sich Olav Fischer an Rosa, nachdem sie ihren Smalltalk zu Ende absolviert hatten. „Lass dir ein Stück Hai einpacken. Allererste Qualität, in Kräuter eingelegt, mit Speck gebraten. Über das Rezept haben wir doch vor Kurzem gesprochen. Wende dich an Frau Sommerblom."

„Tschüs denn." Rosa guckte in die Schüsseln, die vor Catrin standen. Die fachsimpelte mit einer Kundin über exotische Marinaden. Nervös wegen der Ablenkung drückte sie immer wieder auf den Auslöser. Alle redeten durcheinander. Das konnte Catrin nicht gebrauchen, sie musste sich konzentrieren.

Als die Kundin sich verabschiedete, sah sich Catrin nach Rosa um. „Die hatte es eilig", erklärte Fischers Lehrling. „Ich hab ihr noch ein Stück von dem eingelegten Haifilet verkauft."

Catrin nickte. *Hätte ich doch fast mein Handy stehen gelassen!* Schnell nahm sie es und steckte es mitsamt dem Auslöser in ihren Rucksack. Ein letztes Mal überprüfte sie das Tablett mit den kleinen Köstlichkeiten, zögerte, griff nach einem Stück Hai, legte es wieder zurück. Für einen Moment lang war ihr, als zöge Nebel durch ihren Kopf, fast als würde sie die Besinnung verlieren.

Dann aber riss sie die Augen auf, atmete tief durch und konnte zufrieden sein. Alles war vorbereitet. Sie musste nur noch in Stübbes Kombüse fertigkochen und -braten. „Wäre doch gelacht, wenn ich das nicht hinkriegen würde!"

***

Stübbe stand auf der Brücke und überprüfte seine Motorjacht auf die Tauglichkeit zum Hausboot. Viel war nicht mehr zu tun, für ihn war es längst ein Wasserhaus. Für Extratörns hatte er ein Segelboot im Visier. Endlich wollte er im nächsten Jahr bei der Stralsunder Segelwoche mitmachen. Und gewinnen. Die Geschäfte liefen sehr gut und der Ärger in der Heilgeiststraße würde auch aufhören. Derartiges kannte er von anderen Projekten und hatte alles immer erfolgreich durchgestanden. Auch die hartnäckigsten Mieter würden ihre Wohnungen räumen. Sollten die bisherigen Maßnahmen nicht ausreichen, so hatte er mit Heinrich überlegt, würden sie Sommerblom raussetzen, und vor dem Gebäude Bettler und Drogensüchtige platzieren. Er hatte schon einen fähigen Mann aus Berlin kommen lassen, Inhaber einer kleinen Firma, die besonders effektiv solche unangenehmen Dinge erledigte. Nach dem Freiwerden der Wohnungen würde er die unliebsamen Gestalten wieder entfernen lassen. Ein Trupp neuer Handwerker war angeheuert. Mit einem kleinen vorweihnachtlichen Fest würde er mit Heinrich Wohnungskaufinteressenten noch einmal anheizen und dabei den Preis nach oben treiben.

Stübbe gefiel es auf seinem Schiff sehr viel besser als in seiner Stadtvilla zwischen Moorteich und Lindenstraße. Behutsam modernisiert, stand sie unter Denkmalschutz und das Grundstück rundum war üppig. Modderken passte drauf auf, der alte Mann sah einfach alles. Und hörte gut. Auch das war bisher nie von

134

Nachteil gewesen. Modderken gehörte zum Haus und Stübbe hatte ihn beim Kauf mit übernommen. Er hieß anders, aber dieser Name hatte sich festgesetzt und Modderken hatte auch nichts dagegen. Als Immobilieninvestor brauchte Stübbe eine repräsentative Adresse. Trotzdem überlegte er, sie aufzugeben. Unter anderem auch, weil sein Sohn ihn nie oder eben sehr selten hier besuchte. *Schade. Wirklich schade. So ist es mit Kindern, wenn sie erwachsen sind. Zu seiner Freundin habe ich ihm trotzdem etwas gesagt. Das fehlte mir noch, dass Infos über die Enkelin der Zucker an die Mieterinnen gehen. Wie gut, dass die außer Haus sind. Muss noch einiges mit Heinrich abklären, weil ich mir am Greifswalder Bodden Immobilien ansehen werde.*

Eine Silbermöwe flatterte vor Stübbes Gesicht, blickte ihn mit ihren gelbumrandeten Augen an und stieß ein tiefes „ha-ha-ha" aus.

„Scheißviech", schimpfte Stübbe.

Er scheuchte sie weg. Auf den Steg kam eine Frau mit Rucksack und einer Kühlbox. Er konzentrierte sich. *Muss wohl die Sommerblom sein.*

Er eilte ihr entgegen. Schon aus dem Grunde, dass sie womöglich die Balance verlor und all die Häppchen durcheinandergerieten. Deshalb nahm er ihr die Tasche ab und sah zu, wie sie aufs Deck sprang. Passend für sein Schiff war sie angezogen, er hatte schon befürchtet, sie käme aufgebrezelt daher. Generös nahm er ihr strahlendes Lächeln entgegen. *Dass sie sich so freut!* Er musste lachen. Dies tat er ausgiebig, vor allem, wenn er daran dachte, dass er ihr nach dem Essen die Kündigung aussprechen würde. Vorher aber sollte sie kochen und zu Diensten sein. Dienstbarkeit genoss er.

Über der Ostsee wurde der Himmel tiefblau, ehe die Farben des Himmels in der Dämmerung versanken.

„Sind in der Tasche etwa auch Getränke? War nicht nötig, ich habe genug an Bord. Aber Fischer verkauft gerne Zusätzliches. Na ja. Geben Sie mal her.“ Stübbe stieg die Treppe zur Kombüse hinunter. „Ich geh mal vor, nicht, dass Sie runterfallen.“

Mit Stolz in der Stimme wies er auf seine fein eingerichtete Kombüse und hoffte, dass die Hausmeisterin ihm nichts versauen würde. „Legen Sie hier alles ab“, bat er, zeigte die kleine Holzbodenterrasse mit den Liegestühlen, das winzige Bad mit Waschtisch und Ablagen, die Sitzecke und seine Schlafkajüte. Er lauschte ihrer weichen Stimme. *Hab ich doch schon mal früher gehört!* Nach dem Rundgang landeten sie wieder in der Kombüse. Stübbe bot Stralsunder an.

„Lieber wäre mir ein Wasser“, bat sie.

„Aber während unseres Essens darf ich Sie doch wenigstens zu einem Bierchen verführen?“, fragte er und lachte glucksend. Er fühlte sich prächtig.

„Soll ich anfangen?“

„Ja, packen Sie aus und zeigen Sie, was Sie mitgebracht haben.“

Sie zeigte. Er nickte zufrieden. Die Platte mit dem Fingerfood kam in den Kühlschrank. Aber erst, nachdem er unter die Abdeckung geguckt und sich ein Wrap geangelt hatte. „Was ist das?“

Catrin guckte. „Veganer Wrap mit Tomate und Frischkäse.“

„Na, das nächste ist aber mit Fleisch, Frau Sommerblom. Mit vegan können Sie mich schlagen, ist nicht so mein Ding. Hm, da ist was mit Speck, riecht ja köstlich.“

„Finger weg!“ Sie lächelte. „Gibt's doch gleich. Auch das ‚Canapé New York‘ mit Meerrettichcreme ist ausgesprochen lecker. Aber lassen Sie mich jetzt gleich das Risotto und Fleisch fertigmachen.“

Sie nahm zwei Brettchen und legte rote Paprika, eine Chillischote, schon in Streifen geschnittenen Lauch darauf. Stellte abgewogenen Risottoreis hin, ein Döschen mit Safranfäden, Bambussprossen und das Fleisch.

„Sieht alles gut und sauber aus. Hygiene in der Küche ist mir wichtig! Risotto dauert ja ein wenig. Ich bin nebenan. Wenn Sie Fragen haben, nur zu."

***

Längst war es dunkel geworden. Stübbe blickte zu den anderen Booten am Anleger, nur auf wenigen sah er Licht. Die meisten waren abgedeckt und schaukelten auf dem Strelasund. Es war fast windstill und Sterne blinkten dicht wie ein riesiges Meer, und Wolkenstreifen zogen sich zu tiefblaugrauem Dunst zusammen. Stübbe wurde von Erinnerungen an andere Zeiten überflutet. Zeiten, in denen er geliebt und versagt hatte.

Er beobachtete Catrin, die die Treppe heraufkletterte. „Das Essen ist in zwanzig Minuten fertig. Ich habe schon gedeckt." Sie lehnte sich gegen die Reling. „Ein fantastischer Himmel. Jetzt zum Breeger Bodden, dann weiter nach Kap Arkona ..." Sie blickte träumerisch in die Weite.

„Warum nicht? Dann machen wir das doch." *Wer weiß, was sie für Überraschungen zu bieten hat.* Und je weiter sie vom Stralsunder Anleger weg waren ... „Okay", sagte er entschlossen. „Sie gehen zurück in die Kombüse, ich nehme Kurs zum Breeger Bodden und wir machen in Breege Halt. Dort essen wir."

Sie stieg wieder runter und kam nach wenigen Minuten hoch. „Sie sind gern hier draußen, nicht? Sehen Sie, schon mal ein bisschen vorab." Sie hielt ihm einen Teller mit ausgesuchten Snacks hin. „Bitteschön!"

Im Breeger Hafen legte Stübbe an. Sie waren die letzten an diesem Abend. Im November gab es wenig privaten Yachtverkehr.

Risotto und Fleisch dampften und dufteten, kühles Bier stand in Flaschen bereit.

Stübbe langte zu und blickte nur kurz auf, als er sah, dass es der Köchin auch schmeckte. Er mochte es nicht, wenn Reste übrigblieben.

Catrin versuchte sich zu entspannen, als Stübbe sagte: „Sie sitzen so verkrampft da. Es schmeckt doch. Meine Güte, Frau Sommerblom, werden Sie locker. Sie gucken, als wenn es Ihre letzte Fahrt würde. – Woraus haben Sie die Marinade gemacht?"

„Gewürze, Orangensaft, ein bisschen Zitronensaft ..."

„Interessant. Wollen Sie eigentlich wieder als Biologin arbeiten?"

Sie nickte.

Er nahm sich eine zweite Portion und guckte Catrin zufrieden an. „Nehmen Sie noch, bleibt ja viel zu viel übrig!"

Sie lehnte ab. „Danke, Herr Stübbe. So viel kann ich nicht essen." *Jetzt muss ich es sagen. Jetzt.* Sätze formten sich, Sätze, tausendmal gedacht und gesprochen.

„Auch nicht dieses Stück mit dem krossen Speck? Die haben das Fleisch sehr schmackhaft gewürzt, muss ich schon sagen. Auch die Würze bei den Häppchen war gelungen. Hat Herr Fischer gemacht, nicht? Ein begabter Koch – für seine Verhältnisse."

Jetzt. Ruhig werden. Catrin lockerte ihre Schultern und sah Stübbe an – sie blickte nicht in seine Augen, sondern dazwischen. Sie wusste, dass das andere nervös machte. Sie merkte, wie er sich zur Seite wandte. Und wieder geradeaus blickte.

„Ich muss mit Ihnen reden."

„Um was geht es denn?" Er lächelte sie jovial an.

Catrin schluckte. Für sie gab es kein Vorher, kein Nachher, nur noch das Jetzt.

„Sie wissen doch, wer ich bin?"

„Ja sicher, unsere Hausmeisterin." Er schüttelte verständnislos den Kopf.

„Schon klar. Aber das Kennen, das meine ich anders. Und Sie haben mich doch nur deshalb eingestellt, weil Sie es wissen."

Jetzt schaute er sie prüfend und fragend an.

„Ich verstehe nicht ganz."

„Sie haben mich eingestellt, ohne meine Papiere zu beachten. Ich weiß aber, dass Sie so nicht bei Einstellungen verfahren. Obwohl meine Zeugnisse als Biologin ... Jedenfalls haben Sie meiner Mutter gern von Ihren Einstellungsvorlieben erzählt. Ich habe Ihre Gespräche mit ihr gehört."

„Was genau wollen Sie mir sagen?" Stübbe lehnte sich zurück. „Welche Gespräche? Meinen Sie, ich müsste Ihre Mutter kennen?" Wild fuhr er sich durch die Haare. „Erklären Sie es mir genauer. Mit kryptischen Bemerkungen kann ich wenig anfangen."

„Erinnern Sie sich an Ihre Berliner Zeit?"

„Natürlich. In der Stadt begannen meine beruflichen Anfänge." Er kniff die Augen zusammen.

„In Berlin hatten Sie ein Verhältnis mit meiner Mutter." Catrin versuchte, ruhiger zu atmen. Wieder hatte sie das Gefühl, ihre Mutter zu sehen. Unwillig wischte sie sich über die Augen. Sie brauchte klare Gedanken.

„Verraten Sie mir den Namen der Dame."

„Carola Ziegler."

„Carola? Ach. Ja, das ist lange her." In seinem Gesicht spiegelte sich zwei Atemzüge lang Bedauern.

„Das ist Ihre Mutter?" Er sagte nicht *war*. „Hören Sie gut zu: Als ich Carola kennenlernte, hatte sie gerade eine Beziehung beendet. Als sie nach kurzer Zeit sagte, dass sie schwanger sei, bin ich bei ihr geblieben, schwanger war sie ja wohl von dem Verflossenen. Das Kind kam zur Welt. Wurde größer, wuchs zu einem Mädchen heran, das dauernd an ihrer Mutter klebte und mich eifersüchtig beäugte. Die hieß doch ... Moment ... hieß die nicht Cai? War 'ne Abkürzung, ich erinnere mich schwach, weil ich weiß, dass mir dieses Mädchen auf die Nerven ging. Cai, also Catrin, sind Sie? Ich fass es nicht. Schleimen sich in meiner Firma ein ... Hören Sie", er sprang auf und schien dabei ziemlich wackelig zu sein. Schnell setzte er sich wieder. Aber auch im Sitzen verlor er offenbar nicht die plötzliche Schwäche.

„Mutter nannte mich Cai. Erst später habe ich auf meinen Taufnamen zurückgegriffen. Aber das gehört nicht hierher."

„Sondern – was? Wollen Sie mit mir Sentimentalitäten austauschen?"

Catrin überging den Einwand. Es war ihr, als würde eine weitere Stimme zu ihr sprechen. *Wenn du ihn tötest, bist du frei.* Unwillig schüttelte sie den Kopf. Sie wollte die Stimme nicht hören. Sie wollte endlich ihren Hass loswerden.

„Ich weiß noch, wenn Sie in unsere Westberliner Wohnung kamen, war meine Mutter vorher nervös, aufgedreht, albern, verrückt, zog sich ständig um. Und alles für den Mann mit den großartigen Plänen. Sie sprachen von Heirat."

„Geschenkt. Das fehlt mir noch, dass Sie mir auf meinem Schiff eine Moralpredigt halten. Das mit der Heirat hat Carola erzählt?" Er wollte lachen, aber es gelang ihm nicht, stattdessen begann er zu husten und zu keuchen. „Zwischendurch waren wir einige Male auseinander, wie das Leben so spielt ..."

„Klar. Weil Sie in der Zeit geheiratet hatten."

„Und? Ist das ein Verbrechen?"

„Die Geschichte ist noch nicht zu Ende", sagte Catrin und klang schrill vor Anspannung.

„Märchenstunde auf hoher See? Spielt der Klabautermann auch mit?" Stübbe hustete wieder. Es hörte sich wie Asthma an.

„Ich kann mich noch gut an den Kummer erinnern, den meine Mutter hatte, als endlich Schluss war. Nach der Wende zogen wir nach Stralsund, sie wollte ein neues Leben anfangen, ohne einen verheirateten Geliebten. Mutter und ich, wir waren allein, und uns ging es gut."

„Wie schön. Aber da wir einander schon so lange kennen und uns früher geduzt haben, sollten wir das hier auch tun. Ist einfacher. Was gibt's noch?" Stübbe beugte sich vor. In einer Flaschenbox stand eine Flasche Obstbrand. „Mist. Ich komme nicht dran. Kannst du mir die mal eben reichen?"

Catrin zögerte. Aber schon bückte sie sich, gab ihm die Flasche und ärgerte sich, dass sie es getan hatte.

„Ein Glas bitte!"

Catrin nahm ein Bierglas.

„Besaufen wollte ich mich wegen dir nun nicht", sagte Stübbe mit Blick auf das unpassende Gefäß, goss sich einen Schluck ein, hielt das Glas unter die Nase, stellte es hastig ab und hustete grässlich. Er hustete und keuchte, er wurde blaurot im Gesicht.

Leise, aber eindringlich sagte sie: „Mutter kaufte ein Haus in der Külpstraße, nach ihrer Einschätzung würde sie die Tilgung zahlen können, davon war sie fest überzeugt. Am Küpertor eröffnete sie einen Laden für Geschenke. Alles lief gut, solange, bis *Sie* wieder auftauchten."

„Jetzt ahne ich, worauf du hinaus willst. Hör auf mit den alten Geschichten. Ja, sie sind passiert. Aber ich will nichts mehr darüber hören." Stübbe blickte sich unruhig nach allen Seiten um, so, als erwarte er Hilfe.

Eine plötzliche Windböe packte das Schiff, und knallte über sie hinweg.

Catrin fröstelte. „Sie hatten Ihre Familie in Berlin, kauften Häuser, verkauften, sanierten, weil natürlich auch in Stralsund saniert werden musste."

„Meine Firma lass außen vor! Davon verstehst du nichts. Von Geschäften hat Carola auch nichts verstanden." Er griff zu dem Bierglas und trank einen Schluck Obstler.

„Wenn Sie doch nur meine Mutter in Ruhe gelassen hätten!"

„Du hast keine Ahnung, wie verzwickt Liebesgeschichten werden können. Ja, wir kamen wieder zusammen. Und ich erinnere mich gern an sie, nicht umsonst habe ich mein Schiff nach ihr benannt." Erregt sprang Stübbe auf. Verblüfft sah Catrin, dass er auf seinen Stuhl zurückknallte, graublass wurde und der Schweiß ihm über das Gesicht lief. Seine Hände sanken herunter und wirkten, als wäre jegliche Kraft aus ihnen verschwunden.

„Verlass sofort mein Schiff", keuchte er. „So ein unverschämter Auftritt! Ich kündige dir mit sofortiger Wirkung. Pack deine Sachen, räum die Wohnung aus und nie, nie will ich dich ..." Das Atmen schien ihm mit jedem Wort schwerer zu fallen.

„Mutter ließ sich wieder auf Sie ein. So lange, bis der Laden nicht mehr lief und sie in Konkurs ging. Sie konnte die Tilgungsraten bei der Bank nicht mehr bedienen, die Versteigerung wurde beantragt und Sie ersteigerten das Haus für eine lächerliche Summe."

„War anders ..."

Catrin ließ sich nicht stoppen. „Erst versprachen Sie, dass wir weiter darin wohnen könnten und liehen meiner Mutter sogar Geld. Dabei war es Ihnen mehr als peinlich, mit ihr in Verbindung gebracht zu werden. Pleite! So etwas gab es nicht für Sie. Sie wollten doch nur das Haus, weil es eine tolle Lage hat, kündigten und mobbten uns mit den Ihnen so eigenen Mitteln raus ... Sie forderten das Geld zurück, das meine Mutter nicht hatte, ließen ein Räumkommando kommen, unsere Möbel standen schnell auf der Straße. Sie wollten bis zum Abend jenes Tages das Geld haben. Mutter war verzweifelt und ich zu jung und unerfahren, um ihr zu helfen. Aber Geld hatte ich ja auch nicht."

Stübbe zerrte am den Rollkragen seines Pullovers.

„Erinnern Sie sich, wie Sie unten vor dem Haus ein letztes Mal mit ihr sprachen? Ich weiß nicht, über was. Aber nach einem heftigen Hin und Her schlugen Sie ihr ins Gesicht. Danach war sie weg. Ich dachte, vielleicht ist sie noch mal zur Bank gegangen."

„Oh Mann. Du weißt eben nicht, was sie mir an den Kopf geknallt hat." Er hielt inne. „War unglaublich, also wirklich ..." Dabei blickte er Catrin prüfend an. Seine Augäpfel waren rot, die Lider geschwollen, seine Nase lief. Er griff nach einer Flasche Bier, die neben seinem Stuhl stand, floppte den Verschluss auf, und sie rutschte ihm aus der Hand.

„Meine Mutter kam nicht zurück. Nie wieder. Nach endloser Suche fand ich sie auf dem Dachboden. Erhängt. Und dazu haben *Sie* sie getrieben. Auch, wenn ich Sie nicht anzeigen kann, moralisch sind Sie dafür verantwortlich. Dafür hasse ich Sie, damit haben Sie auch *mein* Leben zerstört ..."

„Was weißt du schon ... Selbstmorde sind eigene Entscheidungen. Ich habe deine Mutter ge..."

„Ich kann Sie nicht verstehen."

Speichel tropfte. Er griff sich an den Hals. Catrin sah, dass er große Schwierigkeiten mit dem Schlucken hatte. Immer schneller versuchte er einzuatmen. Es schien mit jedem Augenblick schwieriger zu werden.

Wie auf ein geheimes Kommando flogen die Möwen aus der Kombüse wieder hinaus, in die Lüfte und kreischten.

Catrin starrte ihn an. Sie rührte sich nicht.

Er keuchte und würgte. „Hilfe!", flehte sein Blick. Die Augäpfel traten hervor und schienen aus dem Schädel zu fallen. Sein Schließmuskel versagte.

Roland Stübbe kippte vom Stuhl. Seine Augen blickten ins Leere. Sein Körper erging sich in einem immer schneller werdenden Zucken, das nicht aufhören wollte.

Aber es hörte doch auf.

***

Erst reagierte Catrin verblüfft und dann packte sie das Entsetzen. Sie war nicht fähig, klar zu denken. Waren ihre Gedankenspiele Realität geworden? *Was habe ich getan und nicht bemerkt? Ich habe bei Olav gearbeitet, Platten bestückt, überprüft, hat etwas in mir getan, was ich real nie tun würde? Habe ich? Oder werde ich wieder krank? Mein Gestern ist schon unmöglich geworden, aber ich kann mich an vieles wieder erinnern, also werde ich nicht krank. Sind jetzt Wut und Hass ungültig geworden? Nur, weil er da liegt und sich nicht rührt? Ich kann ihn nicht anfassen, keucht er noch oder nicht mehr – ist er tot – habe ich ihn getötet? Ich bin nicht sicher. Ich muss weg.*

Sie suchte nach einer Decke, fand sie im Schlafraum und deckte ihn damit zu. Sie war nicht fähig, noch anderes zu tun. Catrin löschte bis auf die Ankerlaterne die Lichter an Bord. Sie blickte zu den Wohn- und Ferienhäusern, einem schmalen Streifen bebautes Land. Laternen und Sterne gaben eine ausreichende Helligkeit,

auch der Mond gab sein Bestes. Die Yacht schaukelte
sanft, als Catrin das Schiff verließ.

14

Kommissarin Jordan dachte nach. Im Krankenhaus hatte sie die Schwestern befragt, die am Tag, als Christel starb, Dienst hatten. Wer hatte Christel besucht? Laut der Beschreibung mussten es Jutta, Astrid und Hildegard gewesen sein. „Und später kam eine noch junge hübsche Blondhaarige. Ob danach noch jemand gekommen ist? Ich weiß es nicht, nach sechs war ich im Stationszimmer."

Sie entschloss sich, mit ihrem Kollegen Morek zu sprechen. Er war seit einem Jahr bei der Landespolizei und kam ursprünglich aus Ostwestfalen. Morek redete nicht viel, er machte einfach und das gefiel Jordan.

Die Mieterinnen strichen sie von der Liste der Verdächtigen, nachweislich lebte während ihres Besuchs Christel noch, war müde, aber ansonsten für ihren Zustand ganz fidel gewesen. Das hatte nach den ersten Gesprächen Schwester Lea erklärt. „Auch die Mitpatientin kann dazu etwas sagen. Nur ist die schon entlassen."

„Name, Adresse?", fragte Morek.

„Datenschutz!"

„Bitte, Schwester Lea, Sie wollen doch auch nicht, dass das Klinikum jetzt jeden Tag in den Medien ist! Lassen Sie uns das unbürokratisch machen, sonst vergeht zu viel Zeit und nachher ist nicht mehr zu klären, wer die Frau Zucker umgebracht hat." Mit seinen warmen braunen Augen hatte er sie intensiv angeschaut, gelächelt und noch gesagt: „Sie sind es, die uns helfen kann!" Innerlich war er vor Ungeduld fast geplatzt. Aber er konnte so etwas gut verstecken. Wenn es nötig war, setzte er seinen jungenhaften Charme ein, der nur selten seine Wirkung verfehlte. Jordan hielt sich zurück. Bei solchen Dingen hatte ein Mann eher Erfolg. Schwester Lea sagte nach langem Zögern: „Judith Osseborn, Frankenstraße 11." Sie verriet nach einem Blick in die dazugeholte Akte auch die Telefonnummer.

Mit Morek fuhr Jordan zur angegebenen Adresse und sie hofften, dass die Frau anwesend war.

***

Catrin kannte sich ganz gut in Breege aus. Vom Hafen kam sie sofort auf den Hochzeitsberg. Sie ging langsam. Was sie eben erlebt hatte, nahm ihr die Kraft zum Rennen. Obwohl sie es gerne getan hätte. Die Grundstücke linker Hand waren tief und hatten zumeist vom Garten aus einen Zugang zum Bodden und in jedem war mindestens ein Boot festgemacht. Gleich zu Anfang der Straße sah sie ein Haus, von dem sie wusste, dass sich hieran ein Hinterhofgebäude anschloss, und in der warmen Jahreszeit als Ferienwohnung vermietet wurde. Sie presste ihr Gesicht gegen die Fenster, konnte aber wegen der Dunkelheit kaum etwas erkennen. Sie blickte sich um, ging durch den Garten, sah im fernen Glanz der Sterne ein Boot. Sie bückte sich, um zu prüfen, wie es gesichert war. Catrin nickte zufrieden und ging zurück zu der Tür der Ferienwohnung. In ihr steckte eine heftige Unruhe, jeder Nerv zitterte, schmerzte, sie wollte weiterrennen und gleichzeitig Schutz um sich spüren.

Die Tür war mit einem einfachen Schloss versehen. Mit ihrer Krankenversicherungskarte konnte sie es problemlos und leise öffnen. Alles war ruhig. Zu der engen Straße hin stieg das Gebäude etwas an und war bewohnt. Aber hier hinten gab es eigentlich nichts, weshalb Eigentümer nachsehen mussten.

147

Ich will ja nichts klauen. Ich will nur vier Wände um mich haben und nachdenken.

Muffige Luft schlug ihr entgegen. Sie machte kein Licht an. Aber von draußen kam durch Sterne und Mond genügend Helligkeit herein. Sie sah einen Kachelofen, ein riesiges gemustertes Sofa, drei Sessel, zwei Stehlampen mit gefalteten Schirmen. Der Fußboden war mit einem Teppich bedeckt. Sie setzte sich darauf, das schien ihr sicherer zu sein als auf dem Sofa zu thronen. Was hinter ihr lag, schien nie gewesen. *Ich habe Schlimmes geträumt, wie oft, Roland Stübbe, habe ich von dir geträumt? Was hast du eben noch sagen wollen?*

Wie sie hierhergekommen war, fragte sich Catrin nicht. Sie dachte gar nicht daran, dies zu hinterfragen, sie war einfach da. So war es in der Vergangenheit manches Mal gewesen. Plötzlich an einem Ort zu sein und das Woher vergessen.

Vom Fußboden aus hatte sie einen guten Blick durch die großen und tiefen Fenster auf den großen Garten und den Bodden. Erst nach einer Zeit der Betäubung begann sich für Catrin die Dunkelheit zu verändern. Kaum sichtbar, im Dezember wurden die Tage erst spät richtig hell, dann, wenn es einen aufgeklarten Himmel gab. Da endlich stand sie auf, suchte das Bad und war ganz zufrieden, als sie sah, dass es kein Fenster hatte. Catrin öffnete eine weitere Tür, dahinter standen zwei Betten, lagen Matratzen, darauf ordentlich gefaltet abgezogenes Bettzeug und Wolldecken.

Auf die Matratze legte sie eine Decke, nahm sich ein Kopfkissen, holte ihren Rucksack, stellte ihn neben das Bett, entnahm ihm einen Brief, der niemals geöffnet worden war. Sie roch an dem Briefumschlag und obwohl die Jahre keinen Duft konserviert hatten, glaubte Catrin, das Agua de Sevilla zu riechen, diesen Duft nach Orangenblüte, Mandarine, Moschus und Sandelholz, diesen Geruch, den ihre Mutter so gerne gehabt hatte. Und während das Gehirn ihr vorgaukelte, Mutters Duft zu riechen, sah sie die schlanke schmale Gestalt, hörte sie ihre Stimme, ihr Lachen, und wusste, was danach kam: Nichts. Wie jedes Mal, brachen diese so lebendigen Erinnerungen ab und schienen in ein unsichtbares Loch zu versinken. Lange war es so gewesen: Nie laut die Meinung sagen. Endlich hatte das sich selbst Hinhaltende ein Ende, das Warten auf Erlösung und Befreiung. Vielleicht.

Sie hatte ihm endlich gesagt, dass er am Tod ihrer Mutter Schuld hatte. Jedes Wort war wie Eiter aus ihr gekommen. Und er hatte es sich anhören müssen, auf dem Schiff konnte er nicht weglaufen. Er hätte an Land gehen können, er hätte sie des Schiffs verweisen und sie ins Wasser schmeißen können. Und er hatte ganz anderes gemacht. Er war gestorben.

Sie stöhnte erleichtert auf.

Catrin schob den vielfach geknickten Brief unter ihren Anorak, legte sich auf das Bett, zog die Wolldecke über sich und schlief ein.

Als sie aufwachte, war es hell. Sie musste überlegen, wo sie sich befand, der tiefe Schlaf schien das Wissen an gestern gefressen zu haben. Catrin hatte Durst und entdeckte in der Küche zwei Flaschen Wasser. Kaffee fand sie auch, aber sie traute sich nicht, die Kaffeemaschine anzustellen. Es könnte vielleicht doch jemand hören. Manche Maschinen waren ziemlich laut.

In diesem Hinterhaus fühlte sie sich geschützt. Wieder setzte sie sich auf den Boden und es war ihr, als müsste sie sich von tausend Jahren Anstrengung ausruhen. Irgendwann zog sie den Brief hervor, drehte und wendete ihn und eine Stimme in ihr sagte: Jetzt, öffne ihn jetzt.

Überaus vorsichtig faltete sie das Papier auseinander. Strich es glatt. Die Schrift ihrer Mutter erkannte sie sofort. *Meine liebe Tochter …* Und was sie dann las, nahm ihr den Atem. Es konnte nicht wahr sein und doch, warum hätte Mutter lügen sollen? Bestimmt nicht. Die Unerträglichkeit der Wahrheit musste Catrin zur Seite schieben, sie konnte sie nur Stück für Stück an sich heranlassen. Nur jetzt nicht.

Da die Vorhänge im Schlafzimmer zugezogen waren, bemerkte sie nicht, dass durch den Garten eine Frau ging, angetan mit einer altmodischen Kittelschürze, die nach dem Rechten schaute und Abfall in eine Mülltonne steckte.

Die Ahnung um eine tiefe Schuld gärte in ihr. Catrin versuchte, den gestrigen Tag zu rekonstruieren. Endlich hatte sie das Schiff vor Augen und auch ihren Chef, Roland Stübbe. *Ist alles nicht wahr, nichts ist wahr, wer überschüttet mich so mit Lügen?* Dann kam die Heilgeiststraße, ihr dortiger Job, die Erinnerung an die Mieterinnen und gerade die schienen schon weit entfernt zu sein. *Damit habe ich nichts mehr zu tun.*

Wieder überfiel sie lähmende Müdigkeit und sie dachte nicht daran, schnell und unauffällig dieses Haus zu verlassen. Sie legte sich erneut ins Bett und schlief sofort ein.

***

Im Kriminalkommissariat in der Barther Straße kam Dorothea Jordan endlich dazu, die Karte mit der Todesankündigung, die Roland Stübbe betraf, zu lesen. Sie drehte sie um, fand an der Benachrichtigung nichts, was besonders aufregte und bedrohlich war. So etwas kam vor, vor allem, wenn man erfolgreich war. Stübbe hatte sie vor ein paar Tagen vorbeigebracht und schien sich trotz aller Lockerheit Sorgen zu machen. Sie verglich das heutige Datum mit dem genannten. Der 13. Dezember war vorbei. Nichts ist passiert. *Ich rufe ihn gleich an und kann ihn beruhigen.*

Sie las das Protokoll, das Morek ihr ausgedruckt hatte. Dachte an den Besuch bei Frau Osseborn. Die Frau hatte sich wahnsinnig erschrocken, als sie „Kriminalpolizei" hörte.

„Ich habe nur ein paar Fragen zu Ihrer Mitpatientin im Hanse-Klinikum. Darf ich hereinkommen?", hatte Jordan gefragt.

Frau Osseborn war sehr aufgeregt. „Ich fühl mich noch nicht so ..."

„Hatte Frau Zucker gegen achtzehn Uhr noch weitere Besucher als die der drei Damen aus ihrem Haus?"

„Ja. Doch. Als ich mit meinem Mann rausging, kam jemand."

„Frau? Ein Mann?"

„Frau mit Mütze. Aber hat die was zu mir gesagt?" Sie überlegte. „Nein, hat sie nicht. Mein Gott, wenn man über so etwas nachdenken muss, dann weiß man gar nichts mehr. Jedenfalls nichts Genaues."

Innerlich stöhnte Jordan. Aber das war oft so, dass Zeugen sich nicht mehr genau erinnern konnten oder eine ganze andere Vorstellung bekamen.

„War die Frau groß oder eher klein?"

„Größer als ich", sagte die, höchstens eins sechzig große, Frau Osseborn. „Ich meine, dass hinter ihr ein Mann war. Den habe ich aber nicht genau gesehen, wir gingen ja schnell raus und waren eher mit uns beschäftigt. Der kann aber auch ein anderes Zimmer angesteuert haben."

„Noch mal zurück zu der Besucherin. Ist Ihnen etwas an ihr aufgefallen?"

„Ich fand, dass die selbst mit Mütze gut aussah. Also, weil die meisten mit Mütze doof aussehen. Jedenfalls ich." Frau Osseborn lachte. „Und ich hab noch so etwas

Ähnliches gesagt wie, dass sich die alte Dame bestimmt über Besuch freuen wird."

Mehr hatte Jordan nicht aus der Frau herausbekommen.

***

Rosa Pritzkoleit kam in Karsten Heinrichs Büro.

„Der Bauleiter vom Projekt Heilgeiststraße rief an", sagte sie mit wichtigem Blick. „Er hat einen Termin mit Herrn Stübbe um halb elf. Jetzt ist es fast zwölf. Außerdem wollen die Dachdecker ihr Geld haben. Denen ist es egal, wann das Haus fertig wird."

Karsten Heinrich blickte verwundert. „Ja, haben Sie nicht gesagt, dass Herr Stübbe zu einem wichtigen Außentermin ist? Ich habe auch schon versucht, ihn zu erreichen."

„Rufen Sie den Bauleiter an und klären das. Solche Gespräche laufen nicht über mich. Das wissen Sie auch, Herr Heinrich." Bei ihm nutzlose Gefühle wie Bedauern oder Erstaunen anzubringen, hielt Rosa für Unsinn. Stübbe war nicht erreichbar. Und das musste Heinrich den Leuten verkaufen.

Er blickte Rosa an. Lange. Und überlegte. Ihr Ton und ihre Haltung gefielen ihm nicht. Rosa hatte die Arme vor der Brust verschränkt.

„Machen Sie sich mal keine Sorgen. Ich fahre gleich zur Heilgeiststraße. Soviel ich weiß, sind die Mieterinnen weiterhin im Urlaub. So kann mich Frau Sommerblom in aller Ruhe durchs Haus führen."

„Außerdem will der Schornsteinfeger den Kamin abnehmen. Auch in der Heilgeist", klärte Rosa Herrn Heinrich auf.

„Wenn das Dach dicht ist."

152

„Dann müssen Sie die Leute bezahlen. So etwas spricht sich rum und für die Firma wäre das ein Imageschaden."

„Frau Pritzkoleit! Ihr Interesse am Wohlergehen der Firma ist löblich, aber doch bitte nicht in diesem Ton, als wären Sie die Chefin! Wären Sie wohl gerne, was?"

Ruhig blickte sie ihn an. „Wie Sie meinen."

„Die kriegen ihr Geld."

„Übrigens – die Frau Sommerblom geht nicht ans Telefon und ihr Handy hat sie wohl ausgeschaltet. So geht das nicht. Die Frau hat zur Verfügung zu stehen."

Ärger malte Heinrich rote Flecken ins Gesicht. „Noch einmal: Mäßigen Sie sich! Die Hausmeisterin ist vielleicht unterwegs. Wird schon da sein. Was wollen Sie denn von ihr?"

Rosa drehte sich um und verließ Heinrichs Büro.

***

Es schneite zum ersten Mal in diesem Jahr. Die Stadt wurde still unter den weißen Dächern und die Luft schmeckte nach Frost. *Das Dach muss fertig werden, sonst zieht Feuchtigkeit in die Mauern. Wo steckt Roland bloß? Verstehe ich nicht. Selbst sein Sohn vermisst ihn. Der hat sich verabschiedet mit schönen Grüßen an den Papa. Ist gen Berlin.* Heinrich telefonierte mit dem Dachdecker und sagte ihm, dass er den ausstehenden Lohn anweisen würde.

„Ich habe meine Leute bis nächste Woche woanders eingesetzt", erklärte dieser. „Für ein paar Tage und bei dem leichten Schnee ist die Plane auf dem Dach allemal dicht."

***

Kommissar Morek ging zum Hotel, in dem die Mieterinnen untergebracht waren. Den Tipp hatte die Kollegin Jordan von Rosa bekommen, als sie bei ihr angerufen und nach der neuen Adresse gefragt hatte. Sonst wusste ja niemand, wo die Frauen abgeblieben waren. Sie hatte auch versucht, Catrin zu erreichen, aber vergeblich.

Morek meldete sich in der Rezeption an. Er hatte Glück. Sie waren auf ihren Zimmern. Jutta bat ihn in ihren Raum und neugierig verteilten sich die anderen auf dem breiten Bett. „Was haben Sie an jenem Tag vor Ihrem gemeinsamen Besuch bei Frau Zucker gemacht? Was während des Besuchs und was hinterher?"

„Wir waren zusammen", erklärte Jutta. Astrid und Hildegard nickten dazu. Sie redeten durcheinander und Morek ließ sie – damit es nicht wie eine offizielle Befragung wirkte. Und noch war es ja keine.

„In welchem Zustand fanden Sie Frau Zucker vor, – erst einmal jetzt Frau Tausendschön, bitte!"

„Absolut ansprechbar, wenn auch leise, aber klar bei Verstand."

„Und wie haben Sie sie empfunden, Frau", er blickte auf seinen Block mit den Namen, „Steegdorn?"

„Christel war doch völlig daneben."

„Wie meinen Sie das?"

„Ich fand, dass sie desorientiert wirkte und wahnsinnig schlapp war."

„Und Sie, Frau Wanner?"

„Was haben Sie denn für ein Problem, Herr Kommissar? Dürfen Sie das überhaupt, uns hier aushorchen?" Ihre Stimme klang aufgeregt und heiser. „Und wenn unsere liebe Frau Zucker möglicherweise an dem Nachmittag etwas durch den Wind war – was macht das schon? Da kann doch keine von uns ahnen, dass sie nur kurze Zeit später tot ist."

„Wie kommen Sie zu der Annahme? Sie wissen doch gar nicht, wann sie starb. An jenem Abend gab es einen Notfall, die Station war durch Krankheitsausfälle unterbesetzt. Erst in den Morgenstunden wurde ihr Tod festgestellt. Also, noch einmal: Wie kommen Sie auf diese Zeitangabe?"

„Hören Sie doch auf mit Ihren Spitzfindigkeiten. Ich jedenfalls habe nichts mit Frau Zuckers Tod zu tun. Und die anderen auch nicht. Es gab vielleicht noch andere Besucher, nach uns? Wäre doch möglich." Neugierig starrte sie Morek an.

„Sie glauben, es war eine von uns? Lächerlich."

Morek hörte intensiv zu, und schrieb sich Stichworte auf.

Astrid wandte sich zum Gehen.

„Sie bleiben noch einen Moment! Was gibt es noch? Warum stürzte Frau Zucker in Ihrem Haus – Frau Steegdorn?"

„Ich war nicht dabei." Sie presste die Lippen fest zusammen und schien beunruhigt.

„Also – warum?", hakte Morek nach.

„Weiß ich nicht genau. Die Hausmeisterin, die Frau Sommerblom hat sie doch als Erste gefunden."

„Möchten Sie mit dem Satz etwas sagen?", hakte er nach.

„Mein Gott, wir fanden eine schmierige, glatte Substanz auf den Stufen", ging Jutta dazwischen. „Außerdem waren diese ekelhaften Viecher mit einem Mal da, Kakerlaken, widerlich, zum Kotzen, Frau Zucker muss darauf ausgerutscht sein. Aber sie kann genauso gut schon ein, zwei Stufen vorher gestürzt sein – durch Schwindel und Unsicherheit."

Morek erhob sich. „Das war's fürs Erste, meine Damen. Sie erscheinen bitte morgen gegen zehn Uhr in der Barther Straße, damit ich oder meine Kollegin die Protokolle aufsetzen können." Nach diesen Gesprächen fuhr Morek in die Heilgeiststraße. Aber Catrin Sommerblom war nicht da. Zurück im Büro sah er, wie die Kollegin einige Akten in einen Karton legte und ihn unter ihren Schreibtisch schob.

„Diese alten Suizide haben jetzt auch noch Zeit", erklärte Jordan. „Ich weiß nicht, was den Chef gebissen hat, dass ich Selbsttötungen nach so vielen Jahren neu überprüfen soll."

***

Als Carsten Heinrich das Büro verließ, sprach Rosa gerade auf Catrins Mobilbox und teilte ihr mit, dass sie sich bitte morgen im Haus aufhalten solle. „Der Glaser und der Installateur kommen."

Rosa wartete noch einen Moment, um sicher zu sein, dass sie allein war. Dann ging sie mit einem breiten Lächeln in Stübbes Büro und genoss es wie jedes Mal, in diesem Raum zu sein. Sie genoss es auch, auf ihren langen Beinen durch das Büro zu gehen. Sie war stolz auf ihre durchtrainierte Figur; in der Freizeit fuhr sie ausschließlich mit dem Rennrad. Eine Beziehung hatte sie nicht, ihre Pläne füllten sie total aus und die Vorfreude auf deren Erfüllung machte sie glücklich. Trotzdem pflegte sie ihre Freunde, die sich in der alten Kneipe in der Fährstraße trafen. Der Freitagabend war ihr erster Weg in die Hafenkneipe, deren lange Geschichte und urige Einrichtung nach ihrem Geschmack war. Außerdem konnte sie hier zum Bier und Livemusik rauchen. Hier waren einige Altersgruppen vertreten und das Licht war so, dass niemand wie auf einem Flachbildschirm besonders scharf hervortrat. Ihr war nicht nach Nasenhaaren und müder Haut. Über die Älteren, die auch hierhin kamen, blickte sie hinweg. Alte Menschen waren ihr unheimlich, verursachten ein schlechtes Gewissen, waren wie Gespenster im Diesseits. Alte Menschen wie die aus der Heilgeiststraße forderten und forderten. Rosa fand das nicht angemessen, die fand, sie sollten still sein. Außerdem bewohnten sie sehr schöne Räume, besonders die Wohnung von Christel Zucker gefiel ihr vom Zuschnitt her besonders gut und nach einer umfassenden Renovierung würde gerade diese ein Schmuckstück werden. Und die Wohnung wollte sie selbst haben.

Sie reckte sich, verließ den Raum und fand, dass es ihr zustand, heute eher Schluss zu machen. Auf ihrer Liste standen noch viele Überstunden. Unterwegs steuerte sie auf das Feinkostgeschäft zu. Wie magisch fühlte sie sich von dem Schild: *Fischers feine Leckereien* angezogen und betrat das Geschäft, obwohl sie nichts brauchte. Wie häufig war Hochbetrieb am späten Nachmittag. Geduldig stand Rosa in einer schnell wachsenden Schlange und sah sich dabei um. Hinter ihr stupste sie jemand an. Heinrich. Rosa rückte auf, Heinrich hinterher. Als beide vor dem Tresen standen, hinter dem Olav Fischer mit seiner angenehmen Freundlichkeit bediente, wies er mit einer kaum wahrnehmbaren Kopfbewegung zu Seite und übergab die nächsten Kunden einer Angestellten.

„Hat's geschmeckt?", wandte er sich an Heinrich.

Der blickte ihn erstaunt an.

„Oder waren Sie nicht vorgestern mit Stübbe auf der *Carola I*? 'Tschuldigung, dann hat er wohl mit jemand anderem diniert. Ich hätte es nur gern gewusst, da Frau Sommerblom noch einiges auf dem Schiff fertigkochen sollte. Muss ja anstrengend gewesen sein, sie ist gestern und heute nicht gekommen. Gab's so viel in der Heilgeist zu tun?" Er hielt seine latexbehandschuhten Hände hoch. Er arbeitete immer damit und das verlangte er auch von seinen Mitarbeiterinnen.

Karsten Heinrich war die Verblüffung deutlich anzusehen. Rosa erklärte: „Sie scheint nicht zurückgekommen zu sein."

„Was soll denn das", harschte Heinrich. „Das wissen Sie doch nicht. Sie meldet sich nicht, aber nun, dass kann passieren. Das Haus ist momentan unbewohnt, vielleicht hat sie sich freigenommen. Nicht gut, aber ihr stehen ein paar freie Tage zu."

„Na ja", tönte Rosa – laut genug, dass es die nächsten mithören konnten, während Heinrich sie warnend anstieß. „Unser Herr Stübbe ist ja auch nicht zu erreichen, ebenso wenig wie Frau Sommerblom und das Schiff ist auch weg."

Sie nickte Heinrich, dann Fischer zu, das rote Haar wippte, Rosa drehte sich um, übersah neugierige Blicke. „Ich brauche nix, hab noch genug zu Hause", und verließ den Laden.

***

Rosas Hinweis machte Heinrich jetzt doch nervös. Er machte sich auf den Weg zum Liegeplatz und fand ihn bestätigt. Er ging die Schiffe ab, aber nirgends war die *Carola 1* zu sehen. Er drehte um und machte sich auf den Weg zu Stübbes Villa, wo ihm der Rundum-Diener Modderken öffnete, der enttäuscht guckte, als er Heinrich erblickte. „Keiner da. Chef ist unterwegs. Wiedersehen, Chef zwei." Blitzschnell schloss Modderken die Tür, als fürchte er, dass Heinrich reinkommen könnte.

15

Am dritten Tag wollte Heinrich bei Jordan eine Vermisstenanzeige aufgeben. „Aber bitte diskret, bitte eine diskrete Suche!", sagte er zur Kommissarin. „Er muss mit seiner Yacht auf dem Wasser sein, die ist jedenfalls nicht da. Ich meine, die wird ja kaum einer geklaut und Roland ertränkt haben."

„Sie wissen bestimmt, dass sich ein gesunder Erwachsener von seiner Wohnung entfernen kann, ohne dies anderen vorher mitteilen zu müssen. Ist er manchmal verwirrt? Alkohol? Drogen? Depressiv?"

„Nichts dergleichen."

„Vielleicht hat er einfach die Nase voll oder seine, sagen wir mal, Widersacher sind ihm auf den Pelz gerückt – und er will sich aktuellen Verpflichtungen entziehen. Gibt es finanzielle Probleme?"

„Ganz und gar nicht."

Dorothea Jordan zeigte ihm die Todesanzeige. „Können Sie sich vorstellen, wer die Ihrem Freund geschickt hat?"

„Hm. Ist doch wohl eher ein blödsinniger Streich ... Oder es waren diese gottverdammten Mieterinnen. Denen würde ich das zutrauen."

„Denken Sie auch an Frau Sommerblom?"

„An die doch nicht. Aber wo wir gerade von ihr sprechen – die Frau ist auch weg. Nirgends erreichbar."

„Interessant." Sie sagte nicht, dass sie das schon wusste. „Es scheint, als rückten Ihre Firma und die Mieterinnen und Angestellten in unseren Fokus. Sie wissen ja, dass wir im ‚Fall Zucker' Mordverdacht gegen Unbekannt erhoben haben."

„Aber damit hat doch Roland, also Herr Stübbe, nichts zu tun."

„Weiß man's?", fragte sie zurück. „Es könnte doch sein, dass er als Letzter die Frau besucht hat. Wissen Sie etwas darüber?"

Heinrich schüttelte den Kopf. „Roland ...", sagte er laut und starrte einen Moment lang besorgt Dorothea Jordan an. Er wischte mit dem Handrücken Schweiß von der Stirn und schluckte hart. „Was passiert denn da bloß? Ich mag's nicht, wenn mit einem Mal die wildesten Gerüchte kursieren. Und dann die Sommerblom. Das ist seltsam."

„Ich kann mir nicht vorstellen, dass ihm etwas passiert sein soll. Er ist ein erfahrener Skipper und hat sich wahrscheinlich eine längere Tour vorgenommen, um mal für sich zu sein. Meldet er sich, sagen wir mal, bis Montag nicht, sprechen wir noch mal miteinander. Finde ich etwas über seinen Aufenthalt, gebe ich Ihnen sofort Bescheid."

Draußen befielen Heinrich wilde Vermutungen. *Ob Roland mit der Sommerblom? Dann hat er sich Knall auf Fall verguckt und ihm sind alle Sicherungen durchgebrannt. Ist doch nicht zu fassen. Tuckern die zwei wirklich durch die Gegend und rammeln sich einen Hexenschuss. Was die Firma macht, ist egal. Oder wie? Ich bin ja da. Und Pritzkoleit bläst sich wichtig auf. Steckt überall ihre Nase rein. Da kannste nicht mal einen fahren lassen, schon ist sie da und kommentiert. Es wird Zeit, dass wir die nach Berlin versetzen, ist nun lange genug hier.*

***

Am dritten Tag überfiel Catrin der Hunger. Er entwickelte sich zu einem reißenden Tier. Trotzdem traute sie sich nicht, die Ferienwohnung zu verlassen. Sie musste sich zwingen, sich ruhig zu bewegen und keinen Lärm zu machen. Jede Kleinigkeit konnte verraten, dass sich jemand in der Wohnung aufhielt. Das war anstrengend und selbst das Atmen fiel ihr schwer. Sie fürchtete sich davor, dass jemand kommen und sie holen könnte. Leise durchsuchte sie alle Schränke und Schubladen in der Küche. Sie kletterte auf einen Stuhl und fand in der hintersten oberen Ecke eine Packung Knäckebrot, Nudeln, Marmelade und drei Gläser eingekochte Rotwurst. Ihr schien, als sei das Gehirn eingeschlafen, und die Gedanken beieinander zu halten, war anstrengend. Sie bekam heftige stechende Kopfschmerzen.

Zum Knäckebrot mit Rotwurst trank sie Wasser aus der Leitung. Jeder Bissen erschien ihr wie eine besondere Köstlichkeit. Ganz langsam begann sie sich wieder kräftiger zu fühlen.

Als sie aus dem Fenster blickte, schaute Dunkelheit zurück. Die Zeitangabe des Handys sagte ihr, dass es Nacht war. Vorsichtig öffnete sie die Tür, die in den Garten führte, ging durch das Gras und glaubte zu schweben. Die frische saubere Luft tat ihr gut. Mondlicht lag über dem Grundstück. Die Äste des Blauregens lagen wie Tentakel über kleinen Lauben. Wasser gluckste gegen das Ufer. Das grüne Boot tanzte mit klappernden Rudern und ein Tisch mit zwei Stühlen berichtete von Verlorenem. In dieser Stunde sah sie sich als Kind, das auf die Mutter wartete. Die Dezemberkälte spürte sie nicht, obwohl sie zitterte. Sie breitete die Arme aus, drehte sich, und während ihr schwindelig wurde, sagte eine innere Stimme: *Stübbe. Carola. Deine Mutter. Kümmere dich!* Während sie sich umdrehte und wieder auf das Haus zuging, mit jedem Schritt den Kindheitszustand wieder verließ, drängte sie all diese Bilder fort und während sie noch dabei war, sah sie zu spät, dass eine Person im Türrahmen stand und sie mit einer Taschenlampe anleuchtete.

Catrin lächelte. Sie hätte nicht gewusst, was sonst hätte tun sollen.

„Was machen Sie in meinem Haus?"

Ihr knickten die Beine weg.

***

Rosa übernahm einige Arbeiten, die durch Stübbes Fehlen liegenblieben. In der Heilgeiststraße hatte sie sich alles angesehen und aufgeschrieben, was am dringendsten zu tun war. *Die Liste bekommt Heinrich zum Abarbeiten.* Direktionsarbeit war ihr ein besonderes Vergnügen, da schaute sie nicht auf die Uhr. Ihr tat es gut, dass sie Heinrich hin- und her dirigieren konnte und er das mit sich machen ließ. Am Ende würde sie die Retterin spielen, sie, die alle Vorkommnisse in der Firma kannte. *Wenn ich bloß wüsste, wo Sommerblom abgeblieben ist. Treibt sie in der Ostsee? Hat Stübbe sie überwältigt?*

***

In der Saison war der Breeger Hafen ein Ausflugsziel für Wasserwanderer, Segler, Bootseigner und Touristen, die gerne zu Fuß gingen. Im Dezember war es ruhig. Trotzdem musste Hafenmeister Kirsow seine täglichen Rundgänge absolvieren, in seinem Hafen entging ihm nichts. Hier musste und sollte alles perfekt laufen. Mit seinem Team hatte er auch an diesem Morgen die

Beleuchtungen des Hafengeländes überprüft, ebenso die Nebelanstrahlflächen. Angetan mit einer Wollmütze und wattierter Winterjacke trotzte er dem Wind, ging zum Liegeplatz an der Nordwestpier und erinnerte sich, dass die *Carola 1* schon ein paar Tage hier lag. Er wusste, das Stübbe dies manchmal so handhabte. Kirsow wunderte sich nur, dass das Schiff nicht abgedeckt war, Stübbe war pingelig mit seiner Yacht. Die Wettervorhersage bis morgen sagte unter anderem, dass im hiesigen Boddengewässer der Wind West 7 aufdrehte, anfangs strichweise die Stärke 8 hatte, vorübergehend wieder abnahm und so weiter.

Er beschloss, nach dem Rechten zu sehen, bekam auf seine Rufe keine Antwort. Er fand dies eigenartig, wusste er doch, dass der Eigner ein offener, gastfreundlicher Mann war. Weder auf der Flybridge noch dem Achterdeck war etwas Ungewöhnliches zu entdecken. Als er unten in den Kajüten nachsehen wollte, roch er in der Kombüse, bevor er ihn sah, den Toten. Er erkannte ihn sofort.

Es war der Baulöwe von Stralsund.

Stübbe schien sich in die Ewigkeit gegessen zu haben. Reste lagen auf Tellern und wie Kirsow überblicken konnte, hatten an diesem Tisch in der Kombüse zwei Personen ein Mahl verzehrt. Der Hafenmeister blickte in einen Topf mit eingetrocknetem Reis, in einer Pfanne schrumpelte Undefinierbares, ebenso auf einer Porzellanplatte.

Stübbe lag auf dem Rücken und hatte die Beine angezogen. Die Füße mit den derben Schnürschuhen lagen in einer Pfütze. Eine leere Bierflasche rollte gegen Stübbes Kopf. Sandflöhe krabbelten über die verwesende Materie, tausende Fliegen schwirrten. Stübbes Haut war lila verfärbt, sein Körper aufgebläht. Neben seinem Mund trocknete etwas. *Ist sicher Erbrochenes,* überlegte Kirsow. Er verscheuchte zwei Möwen, die kreischend Beute machen wollten und der Wind nahm Gasiges und üble Gerüche mit. Trotzdem stank es nach Fäkalien und Fäulnis.

„Ist noch nicht lange her, dass ich dich sehr lebendig sah. So einer wie du, der stirbt doch nicht beim Essen. Wat habense bloß mit dir gemacht?" Kirsow beugte sich über die Leiche. In den Augen spiegelte sich kein Licht mehr. Kirsow dachte an einen Überfall, wollte nachsehen, ob vielleicht ein Messer in Stübbe steckte. Aber da war nichts. *Warum hat er den Mund so weit aufgerissen?* Schon überlegte er weiter. *Ob er Schwierigkeiten hatte? Selbsttötung? Weibergeschichten? Mannomann, der hätte hier noch Tage liegen können. Hätte erst einmal keiner gemerkt. Wird er denn nicht gesucht?*

Kirsow raffte sich auf, um mit Kommissarin Jordan zu telefonieren. In seiner spröden Art stellte er sich vor und nuschelte ins Handy: „Hab eine Leiche gefunden. Yacht auf einem Gastliegeplatz. Sie kennen sicher die *Carola 1.* Ist der Stübbe. Kennen Sie sicher auch. Wat muss ick doon?"

„Nichts anfassen!"

„Hab ich schon. Konnte ja nicht wissen, dat der doot ist."

Und dieser Morgen war nicht mehr Kirsows Morgen, alles geriet durcheinander. Streifenwagen, Spurensucher, Tatortreiniger kamen. Jordan hatte alles losgeschickt, was abkömmlich war. Ebenso den Arzt und Polizeifotografen. Dass im Morgengrauen ein Krankenwagen eine Einbrecherin vom Hochzeitsberg ins Hanse-Klinikum gefahren hatte, wusste der Hafenmeister nicht. Damit hatte er nichts zu tun. Aber die Meldung landete auch bei Jordan und Morek. *Stübbe? Einbruch? Und wo steckt Sommerblom?*

Jordan kam mit Morek nach Breege, ließ sich auf den aktuellen Stand bringen und übernahm die Ermittlungsleitung. Morek schluckte, er war zwar der Ältere, aber Jordan schon die Ranghöhere. Ihr Instinkt nahm Witterung auf. Immer wieder ermahnte sie sich: *Bloß keine vorschnellen Mutmaßungen, sonst bin ich die Blamierte.*

Dass der Hafenmeister auf dem Schiff herumgetrampelt, einiges angefasst und womöglich Souvenirs eingesteckt hatte, gefiel ihr überhaupt nicht.

Nach einer vorläufigen kurzen Untersuchung des Toten, dem Eintüten der Essen- und anderer Reste, der Abnahme von Fingerabdrücken, dem Einpacken von Stübbes Jacke, die auf seinem Bett lag, dem fröhlichen Aufjauchzen des Spurensicherers, als er Haare entdeckte, blonde und graue, sogar ein rotes , dass an einem Fleischstück klebte, kam der Verblichene in den Leichensack.

Der Arzt füllte den Totenschein aus: Unklare Todesursache. In Klammern schrieb er daneben die Frage: Suizid?

Jordan zeigte dies Morek und flüsterte: „Was Richtiges passiert wohl nicht? Dauernd stolpere ich über Suizid-Vermutungen und nicht geklärte Todesursachen."

Selbst der zuständige Staatsanwalt traf ein und erteilte nach einem kurzen Gespräch mit dem Arzt die Obduktionsfreigabe.

Während der Bestatter mit seinem Gehilfen den Toten in seinen Wagen schob und damit nach Stralsund fuhr, fuhren auch die anderen zurück. Im Kommissariat bat der Staatsanwalt um mehr Informationen. Namentlich kannte er Stübbe. „Benachrichtigen Sie bitte seinen Geschäftspartner. Er hat doch auch einen Sohn? Einer von beiden muss ihn offiziell identifizieren. – Hatte er Feinde?"

„Na ja. Durch seine rigiden Sanierungen haben ihn so einige gehasst", erklärte Jordan. „Sie haben von den Protestaktionen seiner Mieterinnen aus der Heilgeist gehört?"

Der Staatsanwalt nickte.

„Sein Kompagnon, der Herr Heinrich, war bei uns und machte sich Sorgen, weil er nirgends zu erreichen war. Frau Jordan hat sich mit ihm unterhalten", berichtete Morek.

„Wir sehen uns später!", verabschiedete sich der Staatsanwalt.

„Lass uns ein paar Punkte zusammenfassen", sagte sie zu ihrem Kollegen. „Keine feste Beziehung. Erfolgreich. Arbeitete viel. Gutes Verhältnis zum Personal und zu seinem Teilhaber. Aber massiven Ärger mit Mieterinnen.

Weshalb ist er gestorben?"

Äußerliche Einwirkungen waren auf dem ersten Blick nicht erkennbar. „Mal sehen, was die Obduktion ergibt."

Sie rief Karsten Heinrich an. "Wir haben Roland Stübbe gefunden." Ihre Stimme war rau, als sei sie erkältet.

„Wo?"

„In Breege, auf seinem Schiff."

„Was macht er denn da? Warum kommt er nicht nach Stralsund? Ist er krank?"

„Er ist tot. Kommen Sie doch bitte nachher in mein Büro." Ungeschickt schob sie nach: „Herr Heinrich, es tut mir so leid, damit hat doch niemand gerechnet. Es tut mir schrecklich leid, dass ich Ihnen das so platt mitgeteilt habe. Geben Sie mir noch die Handynummer von seinem Sohn durch?"

„Ich werde es ihm selbst mitteilen." Heinrich klang wie erfroren. Anschließend schämte sich Dorothea Jordan. Sie hatte keine Erfahrung, wie man Angehörigen

und Freunden schlimme Nachrichten überbrachte.
„Aber auch das ist keine Entschuldigung."

16

Jutta, Hildegard und Astrid kamen aus der Nikolaikirche und gingen weiter zur Heilgeistraße. Sie wollten sehen, wie weit die Arbeiten am Haus vorangekommen waren.

„Guck – überall Staub und Dreck. Nichts hat sich geändert. Ist doch eine Aufgabe für unsere Hausmeisterin? Ich habe bei ihr geklingelt, sie scheint aber nicht da zu sein." Jutta wickelte einen Schal um den Hals. Ihr blondes Haar lugte wie ein halber Heiligenschein unter ihrer Mütze hervor. „Zieht das hier. Ich möchte wieder in meine Wohnung – aber nur, wenn sie warm und benutzbar ist."

„Kann uns sicher Sommerblom sagen." Hildegard blickte sich um. Die Hausmeisterin war nicht zu hören. Sie legte den Finger auf den Mund. Konnte ja niemand wissen, ob sie gerade aus dem Keller kam oder hinter ihrer Wohnungstür stand. Obwohl sie ja nichts Schlechtes über sie sagten.

„Frau Sommerblom?", rief Jutta.

Keine Antwort.

„Christels Leiche ist endlich freigegeben. Die Urne soll auf dem Stralsunder Zentralfriedhof beigesetzt werden", sagte Astrid. „Ob sie das so gewollt hat?"

Jutta verdrehte die Augen. „Friedhof ist Friedhof. Wo sie liegt, weiß sie doch nicht. Aber dass Christel ermordet wurde, ist furchtbar und so traurig. In der Zeitung wird dauernd gemutmaßt, aber Genaues weiß wohl noch niemand."

Astrid wies mit dem Finger auf Sommerbloms Tür.

„Du kannst unsere Hausmeisterin nicht einfach verdächtigen, nur, weil sie dir in den Kram passt. Wenn man mit so etwas einmal anfängt!" Jutta schüttelte empört den Kopf.

„Seit Christels Tod ist alles zu einem Albtraum geworden. Was kommt noch?" Hildegards Augen tränten. „Wie oft habe ich keine Lust mehr zum Aufstehen … Und wir sollen in Altenbatterien und Wohnställe ziehen. Eingesperrt wie Vögel. Außerdem weiß ich nicht, wie ich mit der Kündigung umgehen soll. Noch mal ein gemeinsames Gespräch mit Stübbe oder besser mit Herrn Heinrich? Aber – wir sind uns doch einig, dass wir bleiben wollen?" Hildegard blickte die anderen an.

Astrid seufzte. „Ich jedenfalls habe inzwischen kapiert, dass Edelsanierungen gutes Geld bringen. Mit welchen Möglichkeiten können wir uns denn noch wehren?"

„Ich kann's nicht mehr hören. Und wir müssen zu Kreuze kriechen und die guten Zeiten sind vorbei? Übrigens: Christels Wohnung muss ausgeräumt werden", stellte Jutta fest und trat bibbernd von einem auf den anderen Fuß. Strümpfe und Schuhe waren viel zu dünn.

„Das ist die Angelegenheit von Christels Familie. Wir sollten uns nicht einmischen", befand Astrid. „Ich habe immer noch die Kündigung im Kopf. Folgendes: Wir haben Strom – und Heizungsausfall, das Dach ist zur Hälfte abgedeckt, Fensterscheiben wurden eingeschlagen, Elektrokabel hängen ungeschützt in der Gegend, Herde wurden abmontiert, noch immer kann man aus meiner Wohnung sonst was durch die Rohre schicken und es platscht in Juttas Küche – und so weiter. Ich werde Anzeige wegen Nötigung erstatten. Außerdem hatten wir keine Zeit zu prüfen, ob wir überhaupt eine aufwändige Modernisierung wollen. Das Recht, dem zuzustimmen, haben wir als Mieter nämlich."

„Astrid! Du donnerst uns das wie eine Rechtsanwältin um die Ohren ... Geht mir die verdammte Sanierung auf die Nerven“, stöhnte Hildegard.

„Sie hat aber recht. Einiges ist eindeutige Bedrohung, Hausfriedensbruch und so weiter. Das ist eine Sache für einen Anwalt“, stellte Jutta fest.

„Wenn wir schon hier sind, möchte ich in meiner Wohnung noch eben nach dem Rechten sehen.“ Hildegard bückte sich und schnürte ihre Schuhe zu. „Ich sollte da mal eben fix durchwischen.“

„Wie blöd ist das denn? Wir wohnen momentan im Hotel, da geht’s uns bestens und du willst hier putzen? Hast sie doch nicht mehr alle!“, wandte Astrid ein. „Die Handwerker werden wiederkommen. Nun lass es sein. Putzen! Du spinnst.“

Hinter den Türen klingelten Telefone. Hörten wieder auf, um wenig später erneut zu läuten.

„Interessenten? Die Vermieter? Telefonterror? Ich renne nicht rein und geh auch nicht dran“, sagte Hildegard.

„Wir können Frau Sommerblom fragen, ob sie auch angerufen wird. Wo sie bloß steckt? Sonst ist sie immer gleich da, wenn wir hier stehen.“ Astrid lehnte an der Wand.

„Lasst die doch alle bimmeln, wir sind gleich wieder weg.“ Astrid kratzte sich heftig die Unterarme. „Von dem Staub juckt’s überall.“

„Ehe wir gehen, sollte die Hausmeisterin wissen, dass wir noch einige Tage im Hotel bleiben werden. Ich habe auch noch zwei Extra-Stadtführungen, die lenken mich ab. Ob ich meine Trommel mit ins Hotel nehme?“, überlegte Hildegard.

Die Tür von Catrin Sommerbloms Wohnung wurde geöffnet. Entgeistert stellten die drei fest, dass nicht die Wohnungsinhaberin, sondern Rosa Pritzkoleit herauskam. Ihr rotes Haar versprühte knisternde Energie.

Sie grüßte freundlich, und erklärte, dass sie dringend in der Hausmeisterwohnung nach dem Rechten schauen musste, da die gute Frau Sommerblom wohl verreist sei.

„Wann kommt sie denn wieder?", fragte Jutta. „Etwas seltsam, ohne etwas davon zu sagen."

Astrid und Hildegard nickten dazu.

„Wenn ich das wüsste", seufzte Rosa und schloss hinter sich ab. „Wiedersehen, die Damen! Wenn etwas Wichtiges ist, und damit es nicht zu Missverständnissen kommt – meine Telefonnummer haben Sie ja!"

„Regeln Sie jetzt die Hausangelegenheiten?", fragte Jutta überrascht.

„Ich vertrete ein wenig Frau Sommerblom. Und ich passe auf, dass Sie nicht mit neuen Aktionen stören. Man weiß ja schon nicht mehr, gegen wen oder was Sie protestieren!"

„Jeder weiß gegen wen. Dass müssen wir doch nicht wiederholen. Außerdem wollen, nein müssen wir wissen, wann hier die Arbeiten weitergehen und wann wir wieder in unsere Wohnungen können." Jutta blickte Rosa an.

„Sie können doch jederzeit, es hat Ihnen niemand gesagt, dass Sie ..."

„Wir brauchen ein Gespräch mit den Herren Vermietern. Ansonsten mit dem Bürgermeister." Hildegard stützte beide Hände auf ihren Hüften ab. „Die Nummer vom Innenministerium habe ich auch. Wenn Ihre Chefs meinen, dass sie mit derartigen Sanierungen positive Projekte in Mecklenburg-Vorpommern vorweisen können, sind Geschichten wie die aus unserem Haus absolut negative Signale. Man würde aufmerksam. Und würde vielleicht auch das ein oder andere herausfinden, was nicht danach klingt, als sei es zum Wohle der Stadt. Das können Sie gerne so weitergeben."

„Mache ich. Aber jetzt – ich hab's eilig. Auf Wiedersehen!"

***

Dorothea Jordan gab die Bitte um Mithilfe nach der Suche einer Vierzehnjährigen aus Schwerin an den Kollegen Björn Morek weiter.

Zum dritten Mal las sie die noch dürren Angaben zum Tod von Roland Stübbe. *Muss ja kein Fall werden. Nur, weil der Doc* unklare Todesursache *angekreuzt hat?* Die zweite Unklarheit innerhalb weniger Tage. In ihr kämpften zwiespältige Gefühle. Und wenn sie ehrlich war: Sie hätte gern einen aufsehenerregenden Fall gehabt. Sie dachte auch an den Anruf aus dem Hanseklinikum. Es ging um die Einbrecherin aus Breege, die sich nicht erinnern konnte, warum sie mitten in der Nacht in einer Ferienwohnung aufgegriffen worden war. *So etwas ist doch eher ein Fall für einen Psychologen.* Sie überflog, was sie sich während des Gesprächs notiert hatte. *Sagt, sie heiße Catrin Ziegler ... Papiere wie einen Personalausweis haben wir nicht bei ihr gefunden. Aber einen Brief. Der könnte interessant sein.*

Christel Zucker und Roland Stübbe waren ihre ersten Toten, seitdem sie in Stralsund war. Und der Polizist Thielke hatte ihr noch letztens gesagt: „So etwas wie Totschlag oder Mord werden Sie hier nicht finden. Also haben Sie einen gemütlichen Job in der Polizeiinspektion." Das fand sie beleidigend, abwertend. *Thielke, ich werd's dir und euch allen schon zeigen!* Stralsund hatte schließlich kein mickriges Büro mit vielleicht zwei Beamten. Dem Polizeidirektor der PI Stralsund unterstanden in sechs Polizeirevieren fast 510 Mitarbeiter und war für das Autobahn- und Verkehrspolizeirevier ebenso wie für das Kriminalkommissariat verantwort-

172

lich. Sie machte sich eine Notiz: ‚Ins KH Hanse fahren'. Sie schrieb auf einen ihrer tausend Zettel, was zu tun war. Weiß, gelb und hellgrau – die Farben waren für sie die Unterschiede der Dringlichkeiten.

In den gleichen Farben machte sie diverse Umlaufordner kenntlich. Immer noch war sie bei der Überprüfung vergangener Suizide. Als sie die Akte ‚Ziegler' obenauf legte, stutzte sie.

Ziegler. Ziegler?

Es klopfte. Jordan überhörte es. *Ziegler?* Am Fenster pickte ein Vogel. Er musste sich verirrt haben. Er pickte immer wieder. „Tsch. Tsch." Der Vogel hackte mit seinem Schnabel gegen das Glas und gegen die Tür wurde jetzt energischer geklopft.

Ziegler? Die Einbrecherin heißt doch so.

„Herein!"

„Entschuldigen Sie, dass ich unangemeldet hereinplatze. Mein Name ist Osseborn, Jörg Osseborn. Meine Frau war die Bettnachbarin von der Frau Zucker. Ich möchte Ihnen etwas zeigen."

Erstaunt blickte Jordan den kräftigen Mann mit der gesunden Gesichtsfarbe an. Er wirkte nervös. „Könnte ich kurz mit Ihnen sprechen?"

„Nehmen Sie Platz und sagen Sie mir eben Ihre Daten. Haben Sie Ihren Personalausweis dabei?"

Osseborn reichte ihn rüber. „Ich will doch nur", begann er erneut.

„Einen Augenblick bitte!"

Endlich konzentrierte sich Jordan auf den Mann. „Um was geht es genau?"

„Meine Frau wurde doch befragt, ob sie mehr zu der Besucherin sagen kann, die sie sah, als ich mit ihr das Zimmer verließ. Als ich jetzt auf meinem Handy einiges löschen wollte, sah ich, dass ich während meines Krankenhausbesuchs die Videotaste gedrückt hatte." Er holte das Smartphone hervor, scrollte und drehte es zu Jordan um. „Sehen Sie!"

„Das ist ja ..." Vor lauter Überraschung brauchte sie einen Moment, bis sie begriff, um was es sich da handelte. „Herr Osseborn, ich hole meinen Kollegen dazu." Sie drückte auf eine Taste des Telefons. „Wolf-Peter, kannst du bitte rüberkommen?"

Zusammen mit Morek schaute sie sich das Video an. „Herr Osseborn, hervorragend! Mit dem Video helfen Sie uns sehr!"

„Ab jetzt", sagte Morek, „sprechen Sie bitte mit niemandem darüber und Sie dürfen keine Informationen mit anderen austauschen."

„Aber meine Frau ..."

„Sicher, ist mir klar, der haben Sie die Aufnahmen gezeigt. Auch sie darf nicht darüber sprechen – bis auf Weiteres. Oder hat sie es bereits?"

Herr Osseborn zuckte mit den Schultern. „Ich weiß es nicht."

„Okay. Dann fahre ich mit Ihnen nach Hause und spreche mit Ihrer Frau, damit Sie die Dringlichkeit von der Polizei selbst hört."

„Das Handy müssen Sie uns leider für ein paar Tage überlassen", erklärte Jordan. „Es geht nicht anders. Aber hier", sie zog eine Schublade des Schreibtischs auf. „Hier ist ein Prepaid-Handy, nicht das modernste Modell, aber es geht. Das können Sie so lange benutzen."

Verdutzt griff Osseborn danach. „Kann ich wenigstens meine Kontakte darauf übertragen?"

17

Catrin saß auf dem Krankenhausbett, blickte auf die gestreifte Bettwäsche und fragte sich, wie sie an diesen Ort gekommen war. Bis eben wähnte sie sich auf Stübbes Yacht und dann kam Nichts. Nichts. Sie wusste, dass sie aus diesem Zimmer, aus diesem Haus musste. Krankenhaus. *Ich bin nicht krank.* Sie hatte gesehen, wie ihr Rucksack durchsucht worden war. Wie ein Weißkittel den Brief in der Hand hielt. Da war sie aufgesprungen und hatte ihm den aus der Hand genommen, nicht gerissen, nein, vorsichtig. Der Brief erklärte schließlich ihr Leben. Der Arzt schien zu Ende gelesen zu haben. Er gab ihn ihr und auch den Umschlag.

Eins mochte sie jetzt schon nicht. Diese Gesprächsversuche. Diese aufmerksamen Blicke und Fragen. Sie wollte Ruhe haben, zur Ruhe kommen, Gedanken wiederfinden und an die Erinnerungen knüpfen. Alles war durcheinander geraten. Die Fragerei nach ihrem Namen. War es nicht egal, ob sie Ziegler oder Sommerblom sagte? Sie war doch beides, also konnte sie auch beide Namen nennen. Hier hatte sie das Gefühl, Ziegler zu heißen. Vielleicht war dies das Krankenhaus, in das man damals ihre Mutter gebracht hatte. Sommerblom war ein Name für draußen. Keiner war gelogen. *Man soll mich in Ruhe lassen.* Was wurden sie aufgeregt, als sie sagte, Herr Stübbe liegt da auf seinem Schiff, ist einfach vom Stuhl gekippt. Während erst ein Mann, dann eine Frau, die auch Ärztin war, nachbohrten, hatte sie nur mit der Schulter gezuckt. „Woher soll ich es wissen? Ich arbeite für ihn, ich habe Speisen gebracht und gekocht und dann – ich weiß es nicht.“

Es klopfte. Ein Mann kam herein. „Guten Tag, Morek, Kripo Stralsund. Wir kennen uns noch nicht."

Ein Ruck ging durch Catrin. „Alle wollen was von mir wissen."

„Und ich auch." Er lächelte freundlich. „Sehen Sie, wir klären alte Fälle und möchten sie endlich abschließen können. Sie sind Frau Ziegler, Catrin?"

Sie nickte.

„Leben Ihre Eltern noch?"

„Warum fragen Sie?"

„Beantworten Sie einfach meine Frage."

„Meine Mutter ist schon seit Jahren tot. Und meinen Vater kenne ich nicht. Die Frage hat mir meine Mutter nie beantwortet."

„Hieß Ihre Mutter Carola mit Vornamen?"

Catrin stand auf. „Ja."

„Sie hat sich vor achtzehn Jahren selbst getötet?"

„Fragen Sie doch nicht so scheinheilig. Ja, das hat sie, aber es ist eine längere Geschichte, die sie dazu gebracht hat. Aber das geschah nicht freiwillig, niemals hätte sie mich alleine gelassen, ich war doch ihr Ein und Alles. Erhängt ... was glauben Sie denn, wie eine Frau zu so etwas kommt, zu solch einer Ausweglosigkeit? Durch ihren Scheißfreund, ich habe diese Beziehung nie verstanden. Erst hat er sie um unser Haus gebracht, rausgetrieben, draußen standen schon unsere Möbel. Sie muss diesen Mann aber geliebt haben. Trotz allem. Er trieb sie in den Tod und jetzt weiß ich nicht, ob ich ihn in seinen getrieben habe. Ich weiß es einfach nicht. Was ist passiert? Ich habe es mir zwar jeden Tag gewünscht, mir vorgestellt ... Wissen Sie, wie es ist, wenn der Hass einen überwältigt?"

Morek blickte sie lange an. „Catrin Sommerblom, geborene Ziegler, nicht wahr? Sie haben als Hausmeisterin in dem Sanierungsobjekt ‚Heilgeistraße' als Hausmeisterin gearbeitet? Ihre Chefs sind Roland Stübbe und Carsten Heinrich. Richtig so?"

Catrin zögerte einen Moment. Dann nickte sie. Sie bückte sich und suchte nach ihren Schuhen, die unter dem Bett standen. Mit den Füßen angelte sie die hervor, zog sie an und fragte: „Kann man hier nach draußen gehen?"

„Ziehen Sie sich was über, es ist kalt." Morek drehte sich um, entdeckte eine Jacke, nahm sie und hielt sie ihr hin. „Ihre?"

Catrin griff danach und zog sie an. Auf dem Flur hakte er Catrin unter, ganz leicht, aber auch jederzeit bereit, fester zuzufassen, falls ihr etwas anderes in den Kopf kommen sollte.

Sie erreichten den hinteren Teil des Gebäudes und kamen in einen Garten. „Sie haben auch bei Feinkost Fischer gearbeitet?"

„Wenn Sie das alles schon wissen, warum fragen Sie dann?"

„Ich möchte es gerne von Ihnen hören. Also Sie haben. Und Sie hatten eine Einladung auf Stübbes Yacht, haben dort gekocht und mit ihm gegessen – sagt Frau Pritzkoleit."

Catrin wischte sich über die Stirn, kniff die Augen zu, dahinter pulsierte es und schon spürte sie, dass Kopfschmerzen kamen. Sie wollte nicht antworten und fragte laut: „Was mache ich hier eigentlich?"

Morek lächelte wissend und führte sie zu einer Bank. „Setzen wir uns für ein paar Minuten."

Catrin schwieg, saß zusammengekauert und versuchte, sich zu konzentrieren. Sie hatte das Empfinden, als würde es mit jedem Wort, das sie nun sagen würde, um ihr Leben gehen. Sie schluckte Übelkeit hinunter, rieb sich die Schläfen, um Schwindel zu vertreiben.

Nach einer Weile sagte Morek: „Wir fanden Roland Stübbe tot auf seinem Schiff vor. Er starb nicht heute, nein, es sind schon ein paar Tage vergangen und es muss ein plötzlicher Tod gewesen sein und Sie, Frau – ich darf doch wieder Sommerblom sagen, sonst verwirren mich die Namen nur – Sie waren die Letzte, die mit ihm zusammen war. Da können wir schon annehmen, dass Sie uns mehr dazu sagen können. Was ist passiert? Was haben Sie gemacht? Wenn ich länger darüber nachdenke, ist mir, als hätten Sie womöglich Gift dabei gehabt? Und wenn, warum, Frau Sommerblom?"

Sie blickte ihn an.

Er fand, wie ein verletztes Reh. Sowas mochte er nicht.

Morek brachte sie zurück zur Station. Anschließend suchte er die behandelnde Ärztin und sprach mit ihr über Catrin.

„In einer Woche ist sie wieder okay", meinte sie. „Aber sie muss unter Beobachtung bleiben. Sie hat einen Schock erlitten …"

„… und deshalb müssen wir sie auch beobachten. Ich fürchte, sie hat Stübbe getötet. Aber Genaues wissen wir noch nicht. Die Obduktion wird Klarheit bringen. Noch ergeht keine Anklage. Aber wir werden einen Beamten zu ihrer Sicherheit abstellen. Nicht, dass sie abhaut und vergisst, wer sie ist."

***

Zur gleichen Zeit sprach Jordan ausführlich mit Lore Rath, der Besitzerin der Ferienwohnung in Breege.

„Sie haben den Namen? Ziegler? Nein, ich will sie nicht anzeigen, sie hat nichts in Unordnung gebracht, arme Frau, sie war so durcheinander. Sie tut mir leid. Ziegler? Sagen Sie, handelt es sich womöglich um Carolas Tochter? Also Carola Ziegler? Sie müssen wissen, dass deren Selbstmord uns damals sehr betroffen gemacht hat, hatte sich schnell rumgesprochen, eine fleißige sympathische Frau aus Berlin, die dann einfach nur noch Pech hatte. Die Tochter muss – lassen Sie mich nachrechnen – um die achtzehn gewesen sein. Die war dann mit einem Mal weg, ich habe sie nie wiedergesehen. Aber von ihr gehört. Musste sich ja um alles kümmern. Stübbe steckte dahinter, der hatte auch die Wohnung ausräumen lassen, da bin ich ziemlich sicher. Carola hatte wohl was mit ihm. Ich verstehe es ja nicht, aber wo die Liebe so hinfällt! Dabei war er verheiratet. Aber lassen Sie Catrin in Ruhe."

„Warum?", unterbrach Jordan den für sie sehr aufschlussreichen Redeschwall.

„Ich hörte, dass sie ziemlich lange in der Nähe von Rostock in einer Klinik war. Depressionen? Ich weiß nicht Genaueres, will da auch nicht dazufantasieren. Arbeitete ja auf der Biologischen Station in Zingst. Ich weiß das, weil mein Neffe auch dort tätig ist. Man hört eben so einiges. Auch, dass der Herr Stübbe und Herr Heinrich zu den Immobilienhaien gehören, die erst in Berlin und jetzt bei uns in Mecklenburg-Vorpommern ihr Unwesen treiben. In Berlin zockten die zwei Mieter ab. Wissen Sie, mit der Masche, denkmalgeschützte Wohnungen verkaufen, Käufer zahlen lassen, und wenn die einziehen wollten, wohnten in einem Fall fünf Männer darin und hatten einen Mietvertrag, na, von wem denn? Das haben sie lange Zeit gemacht und jetzt *sanieren* sie in Stralsund. Ich hab ja auch über die Aktionen der Mieterinnen gelesen. Und bald sind auch bei uns die Mieten nicht mehr bezahlbar. Was bin ich froh, dass ich mein Haus habe und den Anbau vermieten kann." Nach einer Pause setzte sie nach: „Charmant konnte Stübbe sein. Sehr sogar und es gab genügend Frauen, die davon hingerissen waren. Aber natürlich auch wegen der Kohle. Seine Geschiedene kenne ich nicht, die lebt ja in Berlin. An seinem Sohn, dem Benno,

scheint er sehr zu hängen. Na ja, so sagt man jedenfalls."

Jordans Handy klingelte. „Entschuldigen Sie." Sie ging
etwas zur Seite und hörte mit wachsendem Interesse
zu, was Morek ihr mitteilte.

***

Die Auswertung der gefundenen DNA-Spuren dauerte. Jordan wusste, dass Drängeln nichts half. Nach
Überlegungen mit Morek setzte sie Catrin Sommerblom an die erste Stelle der Tatverdächtigen. Besprach
sich mit Staatsanwalt Meffert, der sie mahnte, keine
voreiligen Schlüsse zu ziehen und in die Presse zu bringen. „Auch wenn es so gut zu passen scheint. Berücksichtigen Sie dabei, dass die Frau krank ist."

„Sie könnte auch simulieren."

„Dagegen scheinen die Krankenberichte aus der Klinik zu sprechen, in der die Frau zuletzt war."

„Man kann auch längst wieder gesund sein und das
Erfahrungspotential einer Krankheit nutzen."

„Frau Jordan! Sie müssen zwar jeden Verdacht, jeder
Möglichkeit, wer Stübbe getötet hat, nachgehen. Aber
erst das Obduktionsergebnis! Außerdem: Was ist mit
Heinrich? Dem Sohn? War er zur Tatzeit wirklich in
Berlin? Wer kann das bezeugen?" „Ja, ist klar, Sie brau-
chen das nicht alles aufzurollen. Ich zeige Ihnen etwas.
Hochinteressant."

Meffert sah sich Osseborns Video an. „Okay. Machen
Sie!", sagte er nur und schien tief beeindruckt zu sein.

„Die Aussage von Heinrich ist vollständig. Auch Bennos. Er ist sofort gekommen, Heinrich hatte seine Handynummer."

„Gut. Die fertigen Protokolle reichen Sie mir gleich
herein, ja?"

180

Sie nickte und erklärte: „Heinrich war in den Stunden
der möglichen Tatzeit im Büro. Er kam ja auch zur mir
und hatte seinen Geschäftspartner als vermisst gemeldet."

„Und sie wollten keine Anzeige aufnehmen. Richtig?"

„Herr Meffert! Sie wissen genauso gut wie ich, dass
Erwachsene sich nicht gleich abmelden müssen, wenn
sie mal untertauchen. Ich blieb ja mit Herrn Heinrich
im Kontakt. Aber, um uns die Auswertung der DNA-
Spuren zu erleichtern und voranzutreiben, würde ich
gern bei Sommerblom, Benno, Heinrich und Pritzkoleit
DNA-Abstriche vornehmen lassen. Dann können wir
schneller abgleichen."

Nachdenklich blickte der Staatsanwalt Dorothea Jordan an. „Und die Mieterinnen?"

„Deren Fingerabdrücke haben nichts Relevantes ergeben. Die Frauen können wir erst einmal ein wenig links
liegen lassen, aber nicht aus den Augen verlieren."

***

Karsten Heinrich musste die Besichtigung der Wohnung in der Heilgeiststraße abbrechen. Jetzt schien einiges zusammenzustürzen. Fehlte Stübbe überall, gab
es nun auch Krankheitsausfälle in der Buchhaltung.
Nach der nicht mehr durchgeführten Besichtigung
sprangen zwei Interessenten von ihrer Kaufabsicht ab
und hatten auch gleich die Anzahlung zurückgefor-
dert. Um den Ärger nicht noch größer zu machen, hatte
Heinrich es gleich angewiesen. Er fürchtete auch eine
geschäftsschädigende Berichterstattung in den Medien. Möglich war so etwas schon. Aber was sie im
Haus gesehen hatten ... Er schüttelte sich immer noch,
obwohl Heinrich nicht zimperlich war. Scharen von
Kakerlaken waren überall gewesen, ein ekelhaftes

Gewusel und gestunken hatte es furchtbar. Nach Dreck, nach Müll und Fäkalien. Er ahnte, dass dies wegen der noch nicht verlegten Rohre war und überlegte, ob die Ungezieferattacke von Stübbe stammte. Zu allem Unglück kam die Presse und er ließ sich zu einer Aussage hinreißen, die ihn selbst erstaunte. „Ja, momentan ist das Gebäude nicht bewohnbar. Wir zahlen den Mieterinnen solange den Aufenthalt im Hotel, bis wir hier fertig sind." Das wurde mit einem erstaunten Blick aufgenommen und schon kam die nächste Frage: „Und was wird aus den Möbeln der Mieterinnen?"

Heinrich hatte sich sehr zusammennehmen müssen, um nicht laut zu werden. „Wird alles geregelt!", konnte er nur knapp antworten, denn im Augenblick wusste er nicht, wie.

Im Büro besprach er sich mit Rosa Pritzkoleit.

Kühl wimmelte sie ihn ab. „Das Chaos habe ich nicht verursacht, hier, die Telefonnummer des Hotels, in dem die Mieterinnen zurzeit wohnen." Sie schob ihm einen Zettel zu. „Rufen Sie selbst an. Ich habe anderes zu tun. Und sprechen Sie bitte mit Benno. Ich meine, ist es richtig, dass der jetzt im Büro seines Vaters herumkramt?"

***

Jordan rief den Pathologen an. „Bericht maile ich gleich rüber. Das kann ich vorab schon mal sagen: Es könnte sich um einen raffinierten Suizid handeln. Aber ich tippe eher auf Mord", erklärte er.

„Aha. Ich bin gespannt. Und eine Verdächtige haben wir. Bis später." Jordan legte auf.

***

Sie kamen zu fünft. Morek zeigte das Papier in seiner Hand. „Durchsuchungsbeschluss. Keiner von Ihnen verlässt das Gebäude.

„Ich wollte sowieso gehen!", sagte Rosa und holte sich ihren Mantel. „Ich dachte, mein Chef hat sich selbst getötet? So hat es sich jedenfalls herumgesprochen. Gerüchte sind schnell in dieser Stadt. Warum dieser Aufwand?"

„Vielleicht gibt es Forderungen, vielleicht eine verschleppte Insolvenz", sagte Morek genüsslich. Als Rosa den Raum verlassen wollte, versperrten zwei Beamte ihr den Weg. Auch Jordan stand da. „Frau Pritzkoleit, wir unterhalten uns jetzt. Gehen wir doch in das Büro von Herrn Stübbe. Kollege Müller, kommen Sie bitte mit?" Ein Beamter löste sich aus dem Türrahmen.

Man konnte sehen, dass Rosas Gedanken rasten. „Was gibt es für ein Problem?", fragte sie, öffnete die Tür zum Büro und wies auf die Sitzmöglichkeiten.

Jordan zog aus ihrer Tasche ein Aufnahmegerät hervor. Stellte es an. „Anwesend sind Rosa Pritzkoleit, der Polizeimeister Müller und Hauptkommissar Jordan. Wir haben jetzt vierzehn Uhr dreißig. Wir befinden uns am Alten Markt, erster Stock, in den Büroräumen der Immobilienfirma Stübbe und Heinrich. Wir müssen Sie darüber aufklären, dass alles, was Sie sagen werden, gegen Sie vor Gericht verwendet werden kann – falls es zu einer Anklage kommt. Natürlich haben Sie das Recht, einen Anwalt hinzuzuziehen."

„Vielen Dank", erwiderte Rosa. „Warum sollte ich einen Anwalt brauchen?"

18

Rosa war aufs Äußerste angespannt. Dennoch gelang es ihr, Haltung zu bewahren. Ihr Gesicht brannte.

„Frau Pritzkoleit? Warum antworten Sie nicht?"

Diese alberne Kuh. Die kann mir doch nicht das Wasser reichen. Aber ich muss freundlich sein. Ich kann ja so tun, als würde mich die Polizei nervös machen, wie sie das bestimmt jeden anderen machte.

„Haben Sie Frau Zucker im Krankenhaus besucht?"

Damit kommt die? Lächerlich. Krampfhaft dachte sie nach.

„Ist das jetzt ein Verhör?"

„Eine Vernehmung. Antworten Sie. Bitte."

„Hören Sie, ich habe mich um die Mieterinnen gekümmert, weil Frau Sommerblom es ja vorzieht, Urlaub zu machen. Ich habe mich darum gekümmert, ob es wenigstens im Haus einigermaßen läuft. Da habe ich auch sicher ab und zu die alte Frau gesehen. Sie ist tot, nicht wahr?"

„Ich will wissen, ob Sie Frau Zucker besucht haben?"

„Sie brauchen nicht zu schreien. Ich kann gut hören." Rosa blieb kerzengrade sitzen und nahm keine lässige Haltung an, wie sie es gerne getan hätte. Dabei machte sie sich Sorgen, weil sie sich nicht entscheiden konnte, was sie antworten sollte.

„Nein, ich habe sie nicht besucht. Ich wusste, dass sie die Treppe runtergefallen war, aber mehr auch nicht."

Kurz blickte Jordan auf das Handydisplay und las eine Nachricht. Sie stand auf, ging durch den Raum, öffnete eine Tür und sagte: „Kommen Sie herein!" Ein schmaler dunkelhaariger Mann kam. „Frau Pritzkoleit, darf ich Ihnen meinen Kollegen Herwig Dorp vorstellen? Denn an dieser Stelle beende ich die Befragung …“

Rosa atmete vorsichtig auf.

„Ich höre zu, was Sie dem Kollegen zu berichten haben.“ Jordan fasste das Bisherige zusammen. Das war eine ihrer Strategien, um einen Verdächtigen zu verunsichern. Verdächtige, die meinten, sie brauchten nicht zu antworten.

Genervt, aber mit freundlich-wachem Blick hörte Rosa sich die gleichen Fragen erneut an.

„Nein, ich habe die Frau nicht besucht.“

Dorp klickte seinen Kugelschreiber auf und wieder zu.

„Sie arbeiten schon viele Jahre für Ihren Chef?“

„Was soll das denn jetzt?“

„Haben Sie?“, fragte Dorp. „Haben Sie vielleicht Eigenschaften an ihm festgestellt, die ihnen so gar nicht gefielen?“

„Albern und lächerlich.“

„Sagen wir mal, Sie hatten einiges über ihn herausgefunden.“

„Ja, was denn?“

„Haben Sie Frau Zucker im Krankenhaus besucht?“

Das rote Lämpchen des Aufnahmegerätes blinkte. Das hatte Jordan vorher mit dem Staatsanwalt abgesprochen.

„Hören Sie, was soll das?“

Mit sehr gelassener Miene wiederholte Dorp die Frage und klickte mit dem Kugelschreiber. Das Geräusch bohrte sich in die Gehirne und ließ selbst Jordan zusammenzucken.

„Haben Sie eine schöne Wohnung?“, fragte Dorp scheinbar zusammenhangslos.

„Es gibt schönere.“

„Könnte es sein, dass Sie sich so um das aktuelle Sanierungsprojekt gekümmert haben, weil Sie sich vorstellen könnten, darin zu wohnen? Sagten Sie nicht mal an einem Freitag in Ihrer Lieblingskneipe, dass die Alten sowieso raus müssten, dass sie überfällig seien und Sie sich schon eine Wohnung ausgeguckt haben?“

Klickklickklick, machte der Kugelschreiber.

„Vielleicht war ich mal ein wenig übereifrig – das kennen Sie doch auch, so nach dem vierten, fünften Bier – da sagt man einiges, was nie so gemeint ist.“

„Sind Sie auf die Wohnung von Frau Zucker scharf?“

„Warum?“ Rosa legte ihre Hände auf die Oberschenkel und ballte die Fäuste.

Klick. – Klick. – Klick.

„Hören Sie doch damit auf.“ Rosa hatte einen sehr roten Kopf bekommen.

„Das kann ich noch lange machen.“ Dorp stand auf und stellte sich neben Rosa. „Hören Sie.“ Er klickte. Sie zuckte zurück. „Haben Sie Frau Zucker nach ihrer Operation im Hanse-Klinikum gegen achtzehn Uhr besucht?“

Rosa guckte stur geradeaus. Beide Augenlider zuckten.

„Kennen Sie eine Frau Osseborn?“

„Nein.“ Die Antwort kam schnell.

Jetzt prasselten weitere Fragen auf Rosa ein. Von Dorp. Von Jordan. Sie gab nur vage Antworten und blieb bei ihrem Nein.

Es war kühl im Raum. Rosa begann zu schwitzen. Man sah Schweiß auf ihrem Gesicht, der an den Schläfen rann.

„Was sagen Sie zum Tod von Herrn Stübbe?“

„Traurig. Sehr traurig. Er ist so gar kein Typ für einen Selbstmord. Der ist doch mit Frau Sommerblom auf seinem Schiff gewesen. Seitdem ist sie weg. Einfach so. Und mein Chef tot. Das passt nicht zusammen.“

„Ja, da haben Sie recht.“ Dorp klickte.

Nach zwei Stunden sagte Jordan: „Wir möchten uns auf der Dienststelle weiter mit Ihnen unterhalten. Sie fahren mit uns mit. Ein Beamter wird Sie begleiten, Sie dürfen gerne Ihre Sachen holen."

Zurück auf der Dienstelle in der Barther Straße wies Jordan erneut auf die Möglichkeit, einen Anwalt hinzuziehen, hin.

„Nein, ich benötige keinen", sagte Rosa. „Was möchten Sie noch wissen?"

Wieder schaltete Jordan das Aufnahmegerät ein. Anwesend waren zusätzlich Dorp und Meffert, der Staatsanwalt.

„Hatte Stübbe eine Krankheit?", eröffnete Dorp die Befragung.

Rosa sagte, dass sie es nicht wüsste.

„War er Allergiker?"

„Ich glaube, er hatte manchmal Heuschnupfen."

„In welchem Zustand befand sich Frau Zucker, als Sie sie besuchten?"

Rosa stockte. „Verdammt", rutschte ihr heraus.

Dorp stellte einen Beamer auf. „Bitteschön, Film ab."

Das Video war unscharf und ziemlich verwackelt. Man sah ein Zimmer mit zwei Betten, die übliche Einrichtung eines Krankenhauses, Füße bewegten sich, wahrscheinlich die von Frau Osseborn, dann schwenkte die Kamera mehr in Gesichtshöhe. Eine Frau öffnete die Tür und begab sich hinaus, der Mann folgte, hier war nur ein Stück Rücken zu sehen. Im Türrahmen erschien eine weitere Person. Dadurch hatte sie die Kamera von vorne. Eine Person mit Mütze, etwas verwackelt sagte etwas, der Ton war leise, das Gesicht war trotz aller Unschärfe zu erkennen. Eine Frau. Rosa Pritzkoleit.

Das Video lief weiter, man hörte Schritte, man erkannte Ausschnitte aus dem Flur. Osseborns begaben sich in die Besucherecke, ein Ausschnitt zeigte einen Bademantel, Bauch, Beine und Pantoffeln. Dann kamen mehr oder weniger die gleichen Bilder. So lange, bis Osseborns aufstanden und den Flur in Richtung Ausgang gingen. Da erfasste die Kamera weitere Personen, weil Herr Osseborn das Handy in die andere Hand nahm. Als Letztes rauschte, arg verwischt, Rosa durch das Bild.

„Eins verstehe ich nicht. Warum sehen sich so viele Personen das Filmchen an?" Rosa schwitzte.

„Weil", brüllte Dorp los. Und verstummte.

„Frau Pritzkoleit, Sie sind vorläufig festgenommen", sagte Meffert, der Staatsanwalt.

„Soll ich jetzt heulen?", fragte sie.

„Sie können sich Gedanken machen. Der Vorwurf lautet vorsätzliche Tötung an Christel Zucker."

***

Nachdem Rosa in die Zelle für Untersuchungshäftlinge mit einem Packen Wäsche gebracht worden war, setzte Morek Kaffee auf. Jordan öffnete die Tür, um den Angstgeruch von Rosa loszuwerden. Meffert kam dazu und nachdem alle duftenden Kaffee getrunken hatten, sagte Meffert: „Frau Jordan, unterhalten Sie sich noch heute bitte mit Feinkost-Fischer. Nehmen Sie den Kollegen mit. Aber die Vorstellung von eben war gut. Glückwunsch!"

Dorp lächelte, steckte seinen Kugelschreiber ein. „Ich geh denn mal wieder an meinen Schreibtisch."

„Ihnen möchte ich nicht für ein Frage- und Antwortspiel zur Verfügung stehen. Aber die Frau Pritzkoleit, die hat Nerven." Zufrieden blickte Meffert seine Mitarbeiter an. Er zeigte gerne, dass er der Staatsanwalt war. Das gab zum einen bei Verdächtigen das nötige Gewicht, lieber gleich die Wahrheit zu sagen und zum anderen überzeugte er sich gerne persönlich, wie zum Beispiel Jordan und Morek miteinander arbeiteten.

***

Olav Fischer war furchtbar erschrocken, blickte zu den Kunden herüber, die neugierig zurückguckten – denn „Polizei" hatten alle gehört. Leise bat er seine Mitarbeiterinnen, ihn zu vertreten und ging mit Jordan und Morek in ein winziges Zimmer, das mit Akten, Papieren und Kartons zugestellt war. Sofort ging Jordan mit ihm zurück zu jenem Tag, an dem bei ihm ein Essen für zwei Personen von Stübbe geordert worden war. Er erklärte, dass das Zusammenstellen des Fingerfoods wie immer vonstattengegangen war, ehe er wegmusste, und er mit Catrin Sommerblom die Häppchen begutachtet hatte. „Wegen Stübbes Fischallergie."

„Wer wusste davon?", fragte Morek.

„Meine Mitarbeiter. Wir sprachen ja darüber, also wusste es Catrin und auch Rosa. Letztere hatte ja zugehört. Außerdem hatte Stübbe kein Geheimnis daraus gemacht. Deshalb haben wir genau hingeschaut, dass weder versehentlich ein Stück Fisch auf dem Fingerfood oder in der Schüssel mit dem eingelegten Fleisch war. Was glauben Sie denn, wie genau ich darauf geachtet habe, bei solchem Wissen überprüfe ich lieber doppelt und dreifach", erklärte Fischer ruhig. „Herr Heinrich und Frau Pritzkoleit waren an jenem Tag auch in meinem Geschäft. Herr Heinrich ging wieder, als ich wegmusste, aber meines Wissens blieb Frau Pritzkoleit noch. Catrin stellte zu dem Zeitpunkt die Zutaten für ein Risotto zusammen. Wir hatten mit Zustimmung von Stübbe vereinbart, dass sie das Risotto auf

der Yacht köcheln und die marinierten Hühnerbrüst-
chen braten sollte. Damit alles knackig frisch war.“

„Hat sie Ihnen gesagt, dass Stübbe sie eingeladen
hatte?“

„Ach. Nein, das wusste ich nicht. Das hätte sie mir
doch sagen können.“ Fischer schüttelte den Kopf. „Und
jetzt ist sie im Krankenhaus? Was ist denn da abgelau-
fen? Sie ist wirklich eine Nette und Zuverlässige. Hat
man selten. Nur als sie am nächsten Morgen nicht das
Geschirr zurückbrachte ... Nee, Schlimmes habe ich dabei nicht gedacht. Warum auch?“

Jordan und Morek verabschiedeten sich.

***

„Die Aussagen decken sich ja mit dem Obduktionsergebnis.“ Jordan las noch mal die Zusammenfassung aus
der Pathologie. „Der schreibt hier, dass wir daran denken sollten, dass es sich möglicherweise um einen Suizid durch den Fischverzehr handeln könnte. Glaubst
du das?“, fragte sie Morek.

„Was wir über den Toten wissen, weist nichts auf Depressionen hin. Wir wissen jetzt, dass er seit seiner
Kindheit an dieser schweren Allergie litt. Sein Sohn
Benno hat uns das ja bestätigt. Alle, die mit ihm zu tun
hatten, weisen ihn als emotional stabilen Menschen
aus.“

„Da isst du nichts ahnend ein Fitzel Fisch und dann
stirbst du. Oder kannst sterben. Ich meine, wenn er
ganz schnell ärztliche Hilfe bekommen hätte?“

„Das wollte aber die Täterin nicht. Sehr praktisch und
sehr raffiniert gedacht. Wenn ich hier so lese, was dann
alles im Körper passiert – gruselig. Hirnödem, über-
blähte Lunge, tja, ‚der Tod beim allergischen Schock ist
eine Folge einer fatalen Immunüberreaktion', steht da,

190

dann kommt was ... ach, verstehe ich sowieso nicht, aber den Ablauf: ‚... es kommt zu einem vollständigen Zuschwellen der Atemwege bei gleichzeitigem extremen Blutdruckabfall.‘“

„Gib mal.“ Morek nahm sich den Ausdruck und überflog den Bericht. „Also, zwangsweise hat Sommerblom ihm nichts in den Mund gestopft. Sie muss ihm in voller Mordabsicht den Fisch untergeschoben haben, der Fleisch signalisieren sollte. Hör mal, was er noch schreibt: ‚Aller Wahrscheinlichkeit nach handelte es sich um Hai, der bei einer bestimmten Zubereitung nach Huhn schmeckt und nicht nach Fisch riecht‘. Ich ruf nochmal Fischer an.“

Morek ließ sich mit ihm verbinden. „Kann es sein, dass besonders zubereiteter Haifisch nach Huhn schmecken kann?“

Kollege Müller kam. „Wohin mit diesem Paket?“, fragte er Jordan. „Ich habe alle Klamotten aus dem Büro dieser Sekretärin bei mir rumliegen, aber das hier? Lesen Sie mal!“

„Futtertiere aus Bayern. Was die Leute sich alles schicken lassen!“ Aber dann schwante ihr etwas. „Bitte, bringen Sie das ganze Zeugs in die Asservatenkammer. Darum kümmern wir uns zusammen, nur im Moment nicht. Wenn es das ist, woran ich gerade dran denke, wird mir schlecht.“

19

Ein beißender Ostwind fegte durch Mäntel, Jacken, Gesichter. Regen und Graupelschauer wechselten sich ab. Christel Zuckers Tochter ließ es sich nicht nehmen, die Urne ihrer Mutter selbst zum dafür vorgesehenen Platz zu tragen. Neben ihr ging Jenny. Und dahinter zwei Schauspielerinnen, mit denen Christel befreundet gewesen war. Am Schluss kamen Jutta, Hildegard und einige Nachbarn. Am Grab ließ Jenny von einem tragbaren CD-Player Cohens *Halleluja* und *Marianne* spielen. Gemeinsam mit ihrer Mutter sprach sie ein kurzes Gebet.

Auf dem Weg zum Café *Gumpfer* am Hafen fragte Jennys Mutter: „Was ist mit deinem Freund? Kommt der auch?"

„Hat sich erledigt – nach dem Theater in dem Haus an der Heilgeiststraße ... er ist wohl in erster Linie Sohn. Sohn eines scheinbar Ermordeten. Da gibt es keinen Platz mehr für die Liebe."

Beim Beerdigungs-Kaffeetrinken kamen nur wenige Gespräche auf. Die Stimmung war so gedrückt, die Menschen einander so fremd, dass selbst dieser Anlass sie nicht zusammenbrachte.

***

Jordan saß mit Rosa in einem Büro, das auch als Vernehmungszimmer diente.

„Mit Ihnen spreche ich nicht", erklärte Rosa und blickte müde, aber selbstbewusst die Kommissarin an.

Diese verließ nach einer ergebnislosen Stunde den Raum und besprach sich mit Morek. „Ich frage mal, ob Herwig Dorp frei ist. Vielleicht kann er die Frau knacken."

Dorp kam. Mit einem freundlichen Gesicht setzte er sich Rosa gegenüber. „Geben Sie einfach zu, dass Sie Christel Zucker getötet haben. Kann doch nicht so schwer sein, mir das zu sagen. Sie haben das Video gesehen, also ... Wie es aussieht, haben sie ein bisschen zu fest auf die Halsschlagader der Frau gedrückt." Er brach ab und blickte unverwandt freundlich Rosa an.

Rosa blickte zurück.

Nach bestimmt zwanzig Minuten des Schweigens sagte Rosa: „Sie glauben doch wohl nicht, dass ich auf Ihre Mätzchen reinfalle. Auch wenn ich auf dem Video zu sehen bin, na und? Was sagt das schon? Hinter mir kamen Leute. Vielleicht waren auch Besucher für Frau Zucker dabei, weiß ich's? Wissen Sie es? Vielleicht war hinter mir der Todesbote?"

Dorp blieb ruhig. „Wir haben noch ein interessantes Ergebnis. Sie haben sich ja Kakerlaken schicken lassen. Die lebten noch, obwohl sie ja nun einige Tage fest verpackt waren. Hier handelt es sich um die gleiche Sorte wie die in dem Haus in der Heilgeiststraße. Dort traten die Tiere ja ganz plötzlich auf. Sie haben sich die amerikanische Großschabe schicken lassen und genau die besiedelte auch das Haus. Wir konnten inzwischen feststellen, dass die Schädlinge im Keller des Gebäudes ausgesetzt wurden. An dem dort herumliegenden Glas befinden sich Ihre Fingerabdrücke. Außerdem sah unser aufmerksamer Stadtpolizist Thielke, wie Sie mit einem Paket das Haus betraten. Abends rutschte Frau Zucker auf den Viechern aus. Abends werden die aktiv, tagsüber sieht man sie nicht. Was können Sie dazu sagen?"

„Ich bin eben tierlieb."

***

Staatsanwalt Meffert besprach sich mit dem Untersuchungsrichter. Er wollte Catrin in U-Haft nehmen. Die Anschuldigung hieß: ‚Verdacht auf Mord an Roland Stübbe'. Aus dem Krankenhaus konnte sie trotz polizeilicher Bewachung vielleicht noch abhauen. Das wollte er nicht riskieren. Meffert unterhielt sich anschließend mit Catrins Ärztin und fragte, ob sie inzwischen so stabil sei, dass ihr eine U-Haft zugemutet werden konnte.

In dieser Zeit saß Jordan in Catrins Zimmer. Noch immer war sie nicht sicher, ob deren Zustand echt oder ob sie eine grandiose Schauspielerin war.

„Frau Ziegler?", begann sie.

„Sommerblom. Ich habe es schon einmal erklärt. Ich kann mich natürlich auch mit meinem Mädchennamen vorstellen, aber ich war sehr durcheinander, die Ereignisse von damals, als ich meine tote Mutter fand, dann vor ein paar Tagen der plötzliche Tod von Stübbe hatten sich vermischt und ich wusste nicht mehr, was Wirklichkeit war."

„Fühlen Sie sich in der Lage, jetzt mit mir über den Ablauf auf dem Schiff zu sprechen?"

Catrin nickte. Aber sie sah aus, als würde sie Hilfe gebrauchen. Sie war sehr blass und ihre Hände zitterten.

Jordan wies Catrin auf ihre Rechte hin. „Möchten Sie einen Anwalt hinzuziehen?"

„Meinen Sie, dass ich einen brauche?"

„Das müssen Sie entscheiden."

„Ich weiß es nicht. Keine Ahnung, vielleicht später? Ich überlege es mir."

Jordan hatte ein Aufnahmegerät mitgebracht, stellte es an, gab die Daten ein, wie den Ort des Gesprächs und wer dabei war. Tag und Uhrzeit. „Erzählen Sie bitte noch einmal ganz genau, wie der Ablauf der Zubereitung jener Speisen war, die Sie für Stübbe von Fischer übernahmen."

Catrin erklärte, dass die Fingerfoods ihr von Olav Fischer hingestellt worden seien, dass sie beide die Inhalte überprüft hatten – Gemüse, Fleisch und Dips.

„Wurden Sie abgelenkt?"

„Ich habe weitergemacht, alles hübsch arrangiert, die Zutaten für das Risotto zusammengestellt und die Marinade für das Hühnerfleisch abgeschmeckt, frische Speckstückchen gebraten und hinzugefügt, damit der Speckgeschmack ins Fleisch zieht."

„Und dann?"

„Olav Fischer unterhielt sich mit Herrn Heinrich, aber nur kurz, dem dauerte alles zu lange und der sagte, er könne auch morgen holen, was er haben wolle. Ich glaube, er war zeitgleich mit Frau Pritzkoleit gekommen, genau kann ich das aber nicht sagen, ich habe ja nicht zur Tür geguckt. Außerdem gab's noch andere Kunden."

„Ist Frau Pritzkoleit auch gegangen?"

„Nein. Die redete mit Herrn Fischer einiges, ich weiß nicht was. Und ich sollte ihr noch was vom Haifilet einpacken, das hat aber eine Kollegin gemacht. Ach ja, ich habe noch Testaufnahmen von ihr und einer Verkäuferin gemacht, aber das ist hier unwichtig. Dann musste Herr Fischer weg. Ich habe mich auch noch mit einer Kundin unterhalten. Frau Pritzkoleit kam in unseren Raum, in dem die Bestellungen lagern und textete mich zu. Die Frau will immer viel Aufmerksamkeit, so habe ich sie bisher jedenfalls wahrgenommen, sie ging mir gehörig auf die Nerven. Deshalb habe ich gesagt, ich müsse zur Toilette. Ich arbeitete weiter und Frau Pritzkoleit war dann weg. Na ja, ich habe alles vorsichtig zusammengepackt und bin dann zum Anleger."

„Warum haben Sie Herrn Fischer nicht erzählt, dass Sie die eingeladene Person waren?"

„Das war privat und ich wollte nicht, dass im Laden womöglich falsche Geschichten kursieren. Ich hatte Stübbes Einladung angenommen, weil ich sehr Persönliches mit ihm zu klären hatte. Das war die passende Gelegenheit. Sie wissen ja inzwischen, warum. Frau Rath, also die Frau, der die Ferienwohnung in Breege gehört, rief im Krankenhaus an und fragte nach mir. Der Anruf wurde in mein Zimmer durchgestellt. Frau Rath sagte mir, dass Sie mit ihr gesprochen haben. Ja, Roland Stübbe hat meine Mutter auf seinem Beton-Steine-Erde-Gewissen. Aber das ist meine Sache." Catrin rieb sich die Augen. Sie hatte dunkle Schatten darunter, wirkte müde und mehr und mehr abwesend.

Jordan stand auf. „Ein Letztes." *Für heute.* „In Ihrem Besitz befindet sich ein Brief, der für Sie, aber auch für uns als Ermittler wichtig zu sein scheint? Habe ich da recht? Erklärt dieses Schriftstück den Todesfall Stübbe?"

Catrin lachte traurig und bitter. „Was für ein Unsinn."

Die Kommissarin hatte schon die Hand auf der Türklinke. „Befand sich in den Raum, in dem Sie alles zubereiteten, neben Fleisch auch Fisch?"

„Herr Fischer verkauft ja beides. Da lagen auch Fischfilets."

Es klopfte. Staatsanwalt Meffert trat mit der Stationsärztin ein. „Frau Sommerblom, ich muss Sie vorläufig festnehmen wegen des dringenden Verdachts, Roland Stübbe ermordet zu haben. Bitte, packen Sie Ihre Sachen, wir nehmen Sie jetzt mit. Frau Doktor Klusemann wird Sie mehrmals täglich aufsuchen, um zu sehen, wie es Ihnen geht.

Catrin blickte von einem zum anderen.

„Habe ich das wirklich?", fragte sie leise. „Ich kann es mir nicht vorstellen."

Wieder zurück im Büro, las Jordan das Ergebnis der DNA-Analyse, das jetzt vorlag. Die Analyse berichtete auch von Haaren, die die SpuSi auf dem Schiff gefunden hatte. Über ein einzelnes rotes Haar hatten sie noch gesprochen, ehe es in das kleine Gefäß für fragile Fundsachen gekommen war. Es war Jordan im Gedächtnis geblieben. Kurz darauf hatte Jordan bei einem Gespräch mit Rosa rote Haare auf ihrem Mantel entdeckt, sie ungesehen abgenommen und zum DNA-Abgleich hinterhergeschickt. Alle aus Stübbes Umfeld hatten eine andere Haarfarbe und Stübbe selbst war grauhaarig. Die Analyse sagte unter anderem, dass das rote Haar gefärbt war. Gefärbt waren auch Rosas Haare. Der Abgleich passte, und deckte sich mit den Proben vom Speicheltest. Wie aber kam der Fisch auf Stübbes Teller? *Das klingt wie eine Szene aus Schneewittchen,* überlegte sie. *Wer hat ihn hingelegt? Die beste Gelegenheit hatte Catrin.*

Müller raste herein. Sonst war er eher ein bedächtiger Beamter. „Wir gucken ja noch immer Pritzkoleits Unterlagen durch. Raten Sie mal, was ich entdeckt habe!"

„Spannen Sie mich nicht auf die Folter!" Jordan lächelte.

„Ja, ich habe Unterlagen und die weisen alle auf eine Übernahme der Firma durch diese Pritzkoleit hin. Es gibt sogar schon vorbereitete Kaufunterlagen und diverse Schreiben eines Berliner Anwaltsbüros."

„Ist ja ein Knaller!", lobte sie. „Die Frau wollte die Firma übernehmen."

Bei Jutta, Astrid und Hildegard brach die schiere Verzweiflung aus. Völlig ratlos standen sie vor ihrem Haus und konnten es nicht mehr betreten. Um das Gebäude war ein Drahtzaun aufgestellt worden, daran hing ein Schild: ‚Betreten vorerst untersagt. Der Eigentümer.‘ Sofort rasten sie zum Marktplatz, wollten zu Heinrich und auch hier wurden sie nicht reingelassen, sondern von zwei Uniformierten gebeten, ein anderes Mal wiederzukommen.

Sie verlebten unruhige Stunden bis zum nächsten Morgen und fühlten sich enteignet. Ihre Ratlosigkeit trieb sie schon früh zum Alten Markt. Wegen des verhangenen Wetters leuchtete noch der überdimensional große Weihnachtsstern, der über dem Platz zu schweben schien. Neben Weihnachtsbüdchen glänzte tapfer ein riesiger Tannenbaum, eingefangen in einem Netz mit winzigen LED-Leuchten. Die Lichterpracht am Rathaus würde erst wieder im Laufe des Tages die Schönheit des Gebäudes unterstreichen. Und wieder einmal stiegen die Mieterinnen die Treppen hinauf zu Stübbe und Heinrich. Nur dieses Mal hatten sie keine schräge Aktion im Gepäck, dieses Mal ging es um ihr Leben. So fanden sie.

Wieder standen zwei Polizisten vor der Tür. „Wir lassen Herrn Heinrich holen.“

Kurz darauf kam er zu ihnen in den Hausflur und wirkte sehr angespannt. Er winkte ab, als Astrid die Litanei ihrer Anschuldigungen wiederholen wollte. „Lassen Sie das. Ich weiß, worüber Sie sich beschweren. Was wollen Sie sonst noch?“

„Sie müssen unsere Hotelkosten übernehmen – jeder weiß, dass wir nicht weiter in unseren Wohnungen leben können, solange es an Leitungen und Heizung und dergleichen fehlt.“

„Nach dem plötzlichen Tod-“

„Mord!", stieß Hildegard Steegdorn dazwischen.

„Bleiben wir doch zunächst bei ‚Tod', Frau Steegdorn, die Polizei ermittelt noch", sagte er. „Ich habe wenig Zeit, aber ich kann Ihnen sagen, dass Stübbe Junior in die Firma eintreten wird. Auch die Fertigstellung des Sanierungsvorhabens Ihres Hauses wird sich wohl verzögern. Eine Firmenumstrukturierung braucht ihre Zeit. Aber ich komme Ihnen entgegen. Bis zum ersten Februar zahle ich Ihre Hotelkosten. Sie bemühen Sie sich um eine neue Wohnung. Nein, Sie werden nicht zurückkönnen. Allein schon durch den Ungezieferbefall und vieles mehr, was sich erst jetzt herausgestellt hat. Auf Firmenkosten lasse ich Ihre Möbel abholen und in einer Spedition einlagern. Außerdem existiert immer noch die fristlose Kündigung, an die Sie vielleicht nicht mehr denken. Sie werden schon etwas Passendes finden." Natürlich verriet er nicht, dass er die Wohnungen verkauft hatte – anhand hochglänzender Exposés und kurzer Besichtigungen, nachdem er das Treppenhaus durch einen Reinigungsdienst hatte säubern lassen. Auch der Kammerjäger hatte sein Werk getan.

„Warum steht die Polizei denn immer noch hier? Werden Sie bewacht?"

„Wiedersehen", sagte er und ging zurück.

Wie betäubt verließen die Frauen das Haus. Unterwegs fiel Jutta etwas ein. „Erinnert ihr euch? Ich habe mal von meinen Spaziergängen auf dem St.-Jürgen-Friedhof erzählt. Und von einem Grab, vor dem erst Sommerblom und kurz darauf Stübbe standen. Ich neugierig dahin. Auf dem Grabstein fehlten dem Namen der oder des Toten mehrere Buchstaben. Und darunter stand: ‚... wurde am 3. August 2000 in den Tod getrieben.' Ich bin jetzt noch mal dagewesen. Der Satz ist weg und der Name ist weiterhin so unvollständig.

Ich find's eigenartig. Damals habe ich davon Aufnahmen gemacht. Vielleicht brauche ich die mal."

20

In Catrin redeten alle inneren Stimmen durcheinander. Auch wenn sie es wollte, sie konnte ihnen nicht entrinnen. Sie rannte in der kleinen Untersuchungszelle hin und her, her und hin und machte den Eindruck, als wären ihr Dämonen auf den Fersen. Immer wieder fragte sie sich, ob sie es gewesen war, die Stübbes Allergie ausgenutzt hatte. Immer wieder fragte sie sich auch, ob Wunschgedanken Realität wurden, ohne dass man etwas davon wusste. *Es war doch niemand außer ihm und mir auf dem Schiff.* Und dann fiel ihr ein, was sie vergessen hatte. Schnell schaute sie nach.

Sie musste mit Jordan oder Morek sprechen. Dringend. Das Handy hatte sie abgeben müssen. Als ihr das Mittagessen gebracht wurde, bat sie die Aufseherin, sie möge bitte im Kommissariat anrufen, sie hätte etwas sehr Dringendes mitzuteilen.

Sie musste lange warten. Nach drei Stunden kam Jordan. „Was möchten Sie mir sagen?"

„Lassen Sie sich doch bitte mein Handy geben", begann Catrin hastig. „Es ist so: Ich fotografiere gerne, vor allem Motive im Vorbeigehen oder Ausschnitte von eigentlich banalen Dingen, die dann sehr interessant wirken. Als ich dieses fatale Essen für Herrn Stübbe vorbereitete, habe ich mit meinem tollen Bluetooth-Auslöser etliche Aufnahmen gemacht. Da ist eine Aufnahme mit einer Hand drauf, gucken Sie selbst, aber ich glaube, die klärt alle offenen Fragen. Das mir das erst jetzt eingefallen ist!"

„Mit Fotos haben wir es hier aber!" Jordan schüttelte den Kopf. „Ist das jetzt ein Zufall? Aber ich sehe es mir an."

Jordan ließ sich das iPhone geben. In Anwesenheit eines Gefängnisbeamten lud sie die Bilder auf ihr eigenes Handy. Im Büro übertrug sie diese auf ihren Rechner und holte Morek dazu.

„Sieh dir diese Fotos an! Jetzt wissen wir, wer Stübbe getötet hat. So etwas Infames! Ich hole den Staatsanwalt dazu, ich habe ihn eben noch gesehen. Der muss sich das mit angucken!"

„Damit hat die nicht gerechnet", stellt Meffert fest.

Rosa Pritzkoleit wurde aus ihrer Zelle geholt. „Es ist besser, Sie nehmen sich jetzt einen Anwalt!", kläre Dorothea Jordan auf.

„Ich benötige keinen."

„Gut. Setzen Sie sich."

Meffert, Morek setzten sich ihr gegenüber. Der dritte Stuhl war für Jordan. Sie erhob sich.

„Gegen Sie läuft außerdem die Anklage, dass Sie Christel Zucker getötet haben. Jetzt verhafte ich Sie wegen des heimtückischen Mordes an Ihrem Chef Roland Stübbe. Im Wissen um seine schwere Fischallergie haben Sie die Gunst der Stunde genutzt, als Sie im Feinkostgeschäft von Olav Fischer Frau Sommerblom beim Zubereiten der Speisen für Herrn Stübbe sahen. Sie wussten ja, dass die Hausmeisterin zu einem Essen auf dessen Yacht eingeladen war. Für Sie ein Grund, ihr den von Ihnen lange geplanten Mord unterzuschieben. Besser konnte es gar nicht laufen. Sie ließen sich von Herrn Fischer die Zubereitung von Hai erklären, kauften sogar ein Filet, standen später so selbstverständlich vor den Schüsseln mit dem in einer Marinade eingelegten Hai. Daneben befand sich auch die Schüssel mit einer ähnlichen Marinade für Hühnerbrust. Sie beobachteten, wie Frau Sommerblom das Hühnerfleisch für

Herrn Stübbe in ein Gefäß legte, redeten auf sie ein, um sie abzulenken. Als die für einen Moment abgelenkt wurde, legten Sie ein paar Fischstückchen dazu. Damit war Stübbes Todesurteil gesprochen. Außerdem verriet uns die DNA-Analyse, dass dabei eins Ihrer Haare mitging, rotes, gefärbtes Haar. Eins haben Sie nicht bemerkt: Dass Frau Sommerblom mit einem Fernauslöser im Geschäft von Olav Fischer fotografiert hat."

„Sommerblom? Die mit ihrer blöden Knipse?"

„Sie legten mehrere Stücke marinierten Hai in die Schüssel mit dem marinierten Hühnerfleisch. Sie machten sich sogar die Mühe, ein Stückchen in ein Blätterteigtörtchen zu schieben. Wir sehen zwar nur Ihre Hand, aber die ist unverwechselbar – so einen Ring, wie Sie ihn tragen, hat kaum jemand."

Rosa blickte auf ihre rechte Hand. Am Zeigefinger saß ein flacher, breiter Ring, auf dem ein Dreieck, in dem weitere Dreiecke steckten, eingraviert war.

„Ihr Drachenauge", sagte Jordan, „fällt schon auf. Interessant ist auch seine Bedeutung. Es stellt so eine Art Fluch dar und soll Ablehnung und Entsetzen verbreiten ... Entsetzen haben Sie ausgelöst, das ist wahr. Interessant sind auch Ihre Motive, die wir in Ihren Unterlagen fanden. Sie wollten die Firma übernehmen, selbst die Vorverkaufsverhandlungen ließen Sie aufgrund von gefälschten Unterschriften von einer Berliner Kanzlei vorbereiten – alle Achtung, umsichtig sind Sie. Sie wollten, dass die Mieterinnen nicht mehr zurück in ihre Wohnungen können, daher der Ungezieferbefall."

Er ging zur Tür, öffnete und herein kamen zwei Beamtinnen mit Handschellen.

Meffert nickte.

„Schließen und abführen", sagte Dorothea Jordan und unterdrückte ein triumphierendes Lächeln.

***

„Komm bitte mit, Wolf-Peter“, bat Jordan den Kollegen. Catrin stand vor dem vergitterten Fenster. „Packen Sie Ihre Sachen. Sie können gehen!“

Catrin drehte sich um. Blickte fragend von einem zum anderen. „Wohin?“

Morek kam näher zu ihr. „Frau Sommerblom, alle Vorwürfe gegen Sie werden fallengelassen.“ Er blickte sie mitfühlend an. „Wir haben die Täterin, die Ihnen Haifisch in die Schüssel mit dem Hühnerfleisch gelegt hat, eine langfristig geplante Tat, aber Sie sollten als Mörderin dastehen.“

Catrin hielt sich die Ohren zu. „Bitte“, flüsterte sie. „Bitte, lassen Sie Doktor Klusemann kommen.“

***

Anfang Februar fand Astrid Wanner in der Altstadt eine preiswerte Zwei-Zimmer-Wohnung, die sie zufriedenstellte. Es war wieder ein Altbau, renoviert, hell und freundlich und selbst eine Kaution brauchte sie nicht zu hinterlegen. Hildegard Steegdorn zog nach Barth. Hier war ihr eine Freundin behilflich. Nur Jutta fand keine Wohnung, die sie bezahlen konnte. Seltsamerweise machten einige Vermieter an ihr auch die Protestlerin fest. „Nachher kommen Sie mit Särgen, wenn Ihnen was nicht passt. Nein, nein.“ Selbst ein Makler bot ihr nur hochpreisige Wohnungen an, und monierte auch bei einem Gespräch ihre Protesttätigkeit. Sie musste raus, es war keine Zeit mehr und weiteres Geld für den Aufenthalt im Hotel wollte und konnte sie nicht ausgeben. Bis hierher hatte Heinrich seine Zusagen eingehalten. Als Autorin verdiente sie nicht viel. Sie zog am 1. Februar in die Obdachlosenunterkunft in der Mühlgrabenstraße. Hier hatte sie sogar Glück: Es war ein Ein-Bett-Zimmer frei geworden.

Etwas später konnte sie in eine kleine Wohnung einziehen. Das Haus hatte zur Straßenseite hin mehrere Kellerfenster, die sie auf eine verrückte Idee brachte. Ein Freizeitvergnügen, mehr nicht. Sie dachte an winzige Läden für Eichhörnchen. Einen Hörnchen-Laden hatte sie schon in einem Kellerfenster eröffnet, mit rotgestreiften Markisen, einem winzigen Schaufenster mit Öffnungen – in jeder steckten Nüsse, Samen, Pilze und Kastanien. Das winzige Schild: ‚Eichhörnchen-Corner' hatte Jutta gemalt. Bisher wusste niemand, wer dahintersteckte. Der Hausbesitzer schwieg lächelnd.

Zum einen liebte sie Eichhörnchen. Und zum anderen war sie durch das Rigafahrergestühl, einem mittelalterlichen Reliefbild in der Nikolaikirche, darauf gekommen. Die erste Tafel zeigte die Jagd auf Pelztiere. Hier muss es sich wohl um ein Eichhörnchen handeln, dessen Fell zur Herstellung von Kleidung diente.

***

Catrin konnte erst Ende Februar die Klinik wieder verlassen. Sie hatte sich durch Dr. Klusemann einweisen lassen und die erste Zeit war es Catrin schlecht gegangen.

Sie blieb noch solange in Stralsund, bis sie ihre Zeugenaussage im der Mordsache Stübbe gemacht hatte. Als sie draußen vor dem kastenartigen massigen Gebäude am Frankendamm stand, kam Dorothea Jordan hinterher. „Einen Augenblick bitte. Es würde mich freuen, wenn Sie mir noch eine Sache erklären könnten: Was hat jener Brief, der bis jetzt wie ein Geheimnis über dem ganzen Fall liegt, mit dem Ermordeten zu tun?"

„Roland Stübbe war mein Vater“, sagte sie. „Es hat mich so fertiggemacht, das zu erfahren. Damit hätte ich nie, nie gerechnet. Aber es steht in dem Brief, den meine Mutter mir schrieb, den ich erst nach ihrem Tod fand und nie geöffnet hatte. Aber kommen Sie mir jetzt nicht mit DNA-Abgleichen. Ich will ihn nicht als Vater. Er hat meine Mutter in den Selbstmord getrieben, mich mit dem Hass auf ihn vergiftet und krank gemacht. Nein, es tut mir nicht leid, dass er tot ist.“

Catrin drehte sich um, schulterte ihre Reisetasche, gab Jordan die Hand und ging zum Bahnhof.

Personenregister

Immobilienfirma Stube & Heinrich, Niederlassung Stralsund:

Roland Stübbe, Unternehmer und Schiffseigner
Karsten Heinrich, sein Kompagnon
Rosa Pritzkoleit, langjährige Sekretärin und rechte Hand. Sie kennt die gesamte Firmenentwicklung.
Lohmeier, Angestellter

Im Haus in der Heilgeiststraße wohnen:
Christel Zucker
Hildegard Steegdorn
Astrid Wanner
Jutta Tausendschön
Catrin Sommerblom

Kriminalpolizeiinspektion Stralsund:
Meffert, Staatsanwalt
Dorothea Jordan, Kommissarin
Wolf-Peter Morek, Kommissar
Müller
Thielke

Weitere Figuren:
Jenny Doring
Benno Stübbe
Olav Fischer, Inhaber von *Feinkost Fischer*
Henner Kirsow, Hafenmeister in Breege auf Rügen
Lore Rath, Vermieterin in Breege auf Rügen

Arbeiter während der Sanierung des Gebäudes ‚Heilgeiststraße'
Modderken, Hausangestellter

Nachwort

Dieser Roman ist eine fiktive Geschichte in einer schönen Stadt an der Ostsee. Alle Personen und auch der Kriminalfall sind erfunden.
Aber: Überall und auch in den Städten im Ostseeraum steigen die Mieten. So ist es vorstellbar, dass in attraktiven Touristengegenden übersaniert wird und die Mieter rausgeekelt werden.
Das beschriebene Haus in der Heilgeiststraße ist ebenfalls fiktiv – aber es könnte so gewesen sein.
Bielefeld, im Januar 2017
Monika Detering
www.monika-detering.de